仕事で大切なことはすべて尼崎の小さな本屋で学んだ

歡迎光臨小林書店

Kawakami Tetsuya

川上徹也

邱香凝　譯

輕快的旋律響起，新幹線車廂內的氣氛為之一變。

沉不住氣的乘客已經起身，開始取下行李架上的東西。

我闔起剛讀完的書。

旋律結束，隔一小段吊人胃口的時間後，甜美女聲的車內廣播自動流瀉。

「列車即將抵達終點，新大阪站。」

睽違三年的大阪就在眼前，我內心激動不已。

因為，很快就要見到那個人了。

今天我來，是為了去向由美子女士報告一件事。

也為了回憶。

回憶五年前我還是新人員工時的事。

剛才聽到的車內廣播，應該和當年的一樣。

不過，心情卻是正好相反。

當時，我覺得自己像是一隻被賣到大阪的小牛。

多虧由美子女士的照顧，當年天真幼稚到丟臉地步的我才總算能在大阪撐下去。

由美子女士在尼崎市的立花經營一間名為「小林書店」的小書店。我大森理香，在這間小林書店裡學到工作上所有重要的事。

距今五年前，我進入知名「圖書經銷」企業——「大販」就職。並不是對出版業界特別有興趣，真要說起來，那之前的我甚至不太喜歡閱讀。決定進入這間公司，是因為這裡比其他給我錄取內定的公司規模都還要大。我沒有「非做哪種工作不可」的堅定信念，也沒有太大野心，老實說，只要能進大企業，哪間公司都可以。

當然，要是能進入知名度高，無人不知無人不曉的公司，或是那種備受眾人欣羨的知名企業是再好也不過。但我自己最清楚，那種公司怎麼可能特地選擇這樣的我。

「大販」以前叫做「大日本出版販賣」，簡稱「大販」。這個簡稱在十幾年前成為公司的正式名稱。整個集團擁有超過三千名員工，營業額超過六千億日圓。和出版社或書店相比，「大販」的知名度雖然比較低，在出版業界可是與競爭對手「帝販」（帝國出版販賣）並稱兩大圖書經銷商之一的重量級大企業。

只是老實說，我在開始找工作前，根本沒聽過這間公司的名字，連「圖書經銷」這個詞彙都不認識。

以進入大企業為目標，為的只是讓父母放心。

我在東京的世田谷區出生成長，附近有駒澤公園的安靜住宅區。住起來安心舒適，有生以來，我連一次也沒想離家過。

平常購物和外食，只要到鄰近的自由之丘或二子玉川就應有盡有，偶爾去一趟澀谷，只覺得那裡人好多，一下就累了。我沒有特別喜歡旅遊，一年能和父母一起，全家三口到箱根溫泉旅行一次，也就很滿足了。

國中上的是跟家裡同一區的私立女中，就這麼一路直升上同一所學校開設的大學。要是連就職也能直升該有多好。想是這麼想，這當然是不可能的事。

父親任職於社會上知名度雖低，但卻足以代表日本的大型零件加工廠商。即使不是世人耳熟能詳的公司名稱，也是擁有好幾萬員工的大企業，父母向來對此感到自豪。為了令這樣的他們安心，我在找工作時也把進入大企業視為最重要的事。

話說回來，抱著這麼天真的心態，真虧我能順利找到工作，進入這間公司。

四月。進入「大販」後不久，展開為期三天兩夜的新進人員教育訓練。

光聽到三天兩夜我就胃痛。

我連跟朋友出去旅行都不喜歡啊。

把媽媽要我帶的胃藥放進包包，前往位於水道橋的「大販」東京總公司。

總公司前停著一輛大巴士。

五十名新進員工即將搭上這輛巴士，前往近郊的教育訓練場地。

一上巴士，馬上就是自我介紹時間。

按姓氏開頭的五十音順序，很快就會輪到我了。

該說什麼才好呢。

講一下興趣應該就行了吧。可是，我也沒什麼稱得上興趣的興趣。

一邊有一搭沒一搭地聽別人自我介紹，一邊思考自己的版本時，輪到我了。

「我叫大森理香，畢業於世田谷女子大學社會學系，興趣的話，說來說去還是閱讀吧。」

一開口就說了謊。

我是心想，既然進了出版業界，姑且還是這麼說比較好。我前面的三個人也都這麼自我介紹了，我又是從以前就抵不過同儕壓力的人。

「目前正在尋找欣賞的作家，還請大家多多介紹。」

第二個謊。

仔細想想，都說了興趣是閱讀，早就該有幾個欣賞的作家才對吧。事到如今才在尋找未免太好笑。不過，算了。

「如此不才的我，請大家多多指教。」

勉強這麼做了總結。

很快地，巴士抵達教育訓練場地。

一下車立刻展開教育訓練。五十位新進員工被分成十組，分頭參加各種講座和工作坊。

我隸屬D組。

五個人裡，包括我在內有兩個女生。

另一個女生叫御代川姬乃，真是個令人印象深刻的名字。她化著偏濃的妝，身上穿戴的包包和手錶一看就是名牌貨。在這個整體而言略顯不起眼的公司裡，給人一種格格不入的感覺。

正當我想著這種事時，她忽然高高在上地問我：

「大森，妳為什麼選擇這間公司？是因為想進的出版社都落榜了嗎？」

「喔、在我投履歷的所有公司裡，只有這間屬於出版業界喔。金融業界的工作全部落榜，能進到二次面試的只有這間。」

「我啊，想開發新的業務。出版業界基本上已經變不出新把戲了，經銷商要是投入以圖書為起點的社會事業，或許還能找到新藍海，妳不覺得嗎？」

不知道她到底在說什麼，姑且點個頭，模稜兩可地回了「說的也是」。我們明明是同期進公司的同事，我卻用了一點敬語。

「大森呢？」

「我沒有特別想做的事，只希望能做盡可能不用見人的工作就好。」

「欸——是喔。」

御代川的語氣像是有點瞧不起我。

那感覺簡直就像在說「妳這種人居然進得了這間公司」。

這時，同一組的男生高坂加入對話。

他有一對濃眉，胸膛厚實，說的話也頗熱血。

「我覺得沒特別想做的事也很好啊。首先，就算抱著想做什麼事的心情進公司，也不可能會被分發到自己想進的部門。」

是喔……分發部門原來是這麼回事嗎。

我還在恍神，御代川已露出一副不高興的表情。

因為我老是在恍神的關係，御代川和高坂後來經常起爭執，真是對他們過意不去。

總之，光是處理眼前教育訓練的課題，已經讓我用盡了全力，無暇顧及那麼多。對於自己會被分發到哪個部門，也沒繼續想太多。

剛進公司的這三天兩夜教育訓練，和後來其他各項教育訓練比起來，可以說跟來玩的沒兩樣。因為，後面等著我們的，還有在物流中心和退貨中心的教育訓練。

方。

首先，我們到八王子物流中心教育訓練。各出版社製作的書，都會集中到這個地方。

我們在作業台前等待輸送帶源源不絕地傳送書本過來。將這些書分類並流通至全國各地書店，就是我們的工作。雖然大部分流程都已機械化，中間還是不時穿插需要人工處理的部分。

雖說人工處理的部分幾乎都是檢查而已，眼睛卻不能有一刻離開作業台，必須隨時注意著每一本書的狀況。長時間站著工作，腳愈來愈水腫。但又不可能停下機械的動作，連上廁所的時機都抓不到。

到了休息時間，女生們聚在一起抱怨和討拍。

把大家抱怨和討拍的要點整理起來，只要一句話就能說完：

「這間公司跟原本想的完全不一樣。」

大量流過輸送帶的書，別說文化氣息了，只會令人想到工業製品。

即使如此，我們仍互相鼓勵「忍耐教育訓練的一個月就好」。

另一方面，男生們則用酸溜溜的語氣調侃我們：

「妳們女生真好，不管怎麼說，到時分發部門幾乎都能留在總公司吧。」

是的。大販的男性新進員工，大約有一半會先被分發進物流中心，經歷一番體能勞動後，才有機會回到總公司或其他分公司。雖然大可把學生時代參加體育社團，看似健壯耐操的新人送到物流中心，但也聽說外表有點孱弱的新人才是每年必定會被分發到物流中心的對象。不過，這充其量只是個都市傳說等級的傳聞啦。

結束八王子的教育訓練，等著我們的還有入間退貨中心的教育訓練。比起入間，八王子說不定還算天堂。畢竟就算沒有文化氣息，經手的仍是即將展翅起飛，前往書店，有著光明未來的「新書」。

相較之下，入間退貨中心則是書的最終銷毀之處。

直到進公司後我才知道，維持日本出版、書店業界的兩大支柱分別是「委託販售制度」和「再販售價維持制度」。用最簡單的方式來說，書店採購書的時候不是買斷，而是由出版社委託書店銷售，書店若是將書退回，就能拿回原本支付的費用。

而這個退貨中心，則是全國各地賣剩的書回歸的地方。這些書將在這裡分類後，送回各出版社倉庫。

儘管和物流中心一樣是需要體力活的勞動，退貨中心的工作對精神更造成不小的打擊。

這裡的書都是在店頭被翻閱受損、曝曬褪色或沾染塵埃的書。來這裡工作必備口罩。或許是我個人的偏見，總覺得這裡的書都因為「沒被選上」而充滿了負能量。和物流中心裡即將展翅高飛的書不同，員工對待退貨中心裡的書好像也比較隨便。當然，這只是我個人的感覺而已。

彷彿看見自己的未來，我不由得有些憂鬱起來。

這些書暫時庫存一陣子之後，若碰到新書庫存減少，或許有機會擦去灰塵，重新擦脂抹粉（打磨和換上新封面），再度回到書市上。

然而，大部分的書庫存一陣子之後，最終面臨的還是裁斷的命運。說得直白一點，就是撕碎封面，把內頁裁成碎片，拿去做再生紙。對出版社而言，倉儲費用是一筆龐大的開支，沒有多餘空間讓已經無望銷售的書繼續佔據。

話雖如此，每天每天都有這麼多書被退貨，出版社真的沒問題嗎。

就這樣，一個月的教育訓練結束了。

教育訓練最後一天，是發表今後隸屬部門的日子。

聚集在大會議室內的我們這群新進員工，專注地聽著人事部長做出分發的號令。

人事部長背後，站著各部門的主管。

流程是，聽到自己名字的人做出應答後往前走，站在自己分發部門的主管旁邊。

不知道哪個人會是我的主管呢。大家都穿著類似的西裝，看不出不同部門的特徵。雖然分不出誰是哪個部門，但有幾位主管似乎穿不慣西裝，可能來自平常多半穿工作服的物流中心或退貨中心吧。

「高坂靖。八王子物流中心。」

高坂的臉瞬間閃過一絲陰霾，不過，很快又恢復一如往常的笑容。

咦，真沒想到呢。高坂大學時參加體育社團，原本以為他不會進物流中心，看來那個傳聞果然只是都市傳說。

一個又一個被叫到名字，大家都在應答後站起來，往前走。

不知怎地，覺得我們好像一群被拍賣的……

「御代川姬乃。總公司資訊系統部。」

御代川被分發到資訊系統部了啊。哇，她的臉抽搐得好誇張。

畢竟她想做的是以圖書為起點的社會事業嘛。

資訊系統部的主管一看就是擅長電腦的阿宅。

御代川低著頭，走向那位男性主管。

「大森理香。大阪分公司業務部。」

咦？他剛才說什麼？大森？大阪？

「咦？大森？不在嗎？」

人事部長的聲音傳不進我的耳中。

旁邊同事敲了敲我的肩膀，提醒我被叫到名字了。

「啊、是！我在這！」

匆匆站起來往前走。

人事部長一臉抱歉地對我說：

「今天大阪分公司的部長臨時不能來，不好意思，妳先留在那邊好嗎？」

「啊、好的，那個……請問……」

「什麼事？」

「我是要去大阪嗎？」

「大森理香，妳要去的是大阪分公司業務部，公司很看好妳喔。」

「謝、謝謝。」

我不假思索地回應。

可是，咦？這是什麼整人遊戲嗎？

之後又發表了好幾個新進員工的分發部門，我完全不記得了。

隸屬總公司、都內近郊分行及物流中心的新進員工，直接跟著他們的主管離開了。

只剩下隸屬分公司的的五個人留在會議室內。

除了我之外，其他人都是男生。不只如此，他們的主管都有來，正彼此開心交談著。只有我孤零零的一個人。

人事部長說：

「那麼——被分發到分公司的各位，恭喜你們！」

咦？什麼？這麼快就開始嘲諷人了嗎？

「還是新進員工時就能擁有在分公司工作的經驗，對你們的將來是最有幫助的。在這裡的各位，可以想成公司對你們是特別期待的喔。」

滿滿的漂亮話。

「接下來你們暫時大概不會來總公司，今天就帶你們到各部門走走，介紹給大家吧。還有，下星期開始，就要請各位前往當地赴任了。」

「當地？」我內心嘀咕，講得像不是日本一樣。

「你們應該對當地不熟，會擔心找不到住的地方吧？公司會幫各位介紹租屋，等等參觀各部門結束後，再進行個別面談。」

之後的事我記不太清楚了。在人事部長帶領下，我們前往各部門打招呼。之後進行了個別面談，我直接決定住公司推薦的租屋處。

那間民間出租公寓離大阪分公司最近的車站只需要搭四站，家具一應俱全。

都到這個地步了，我還在期待什麼時候有人跳出來對我說「整人大成功」。我還不太能理解發生了什麼事，不、說得更正確一點，是不願意理解。

從車站回家路上，我繞去駒澤公園，坐在長椅上吃著便利商店買的冰，抬頭仰望天空。

「暫時會有一段時間看不到這裡的天空了呢。」

我平常可沒這麼多愁善感。

接下來幾天忙於搬家，也就沒心情傷感了。話說回來，其實我也沒太多行李。

就這樣，黃金週假期過後的那個星期一，我搭上前往新大阪的「希望號」新幹線。不抱任何「希望」。

輕快的旋律響起，新幹線車廂內的氣氛為之一變。

沉不住氣的乘客已經起身，開始取下行李架上的東西。

只有我一個人依然坐在位子上動也不動。

輕快的旋律聽在我耳中，就像送葬進行曲的前奏。

旋律結束，隔一小段吊人胃口的時間後，甜美女聲的車內廣播自動流瀉，做出決定性的死刑宣告：

「列車即將抵達終點，新大阪站。」

之後，甜美女聲的車內廣播還仔細地介紹了如何從新大阪車站換車，我當然全都沒聽進去。

打從新幹線通過京都後，腦中一直重複同一首歌。

「多娜多娜，多娜❶。」

五月晴朗的午後，我就像頭小牛，被賣往大阪分公司。

人生第一次正式遠離東京，展開一個人的生活。

事實上，為期一個月的教育訓練結束後的現在，我仍不太了解公司的事。「圖書經銷」到底是什麼？

簡單而言，或許可以說是居中聯繫出版社與全國書店的公司？

幾乎所有出版品都必須經過「圖書經銷」公司，才能流通到全國各地大大小小的書店和便利商店上架販售。擁有大型物流中心，配合書店出貨也是「圖書經銷」的工作。換句話說，就像批發商一樣，無論對出版社或對書店都是不可或缺的公司。

好不容易下車來到新大阪站，最初的洗禮已經在這等待著我。

站在手扶電梯上時，後面一個男人粗魯地吼我：

「美女，別站在那裡發呆，妳擋到大家了啦。」

這聲音使我猛地回神。

我因為是家中獨生女的緣故，經常一個不小心就神遊到另一個世界去。

定睛一看，手扶電梯上排成一列的眾人中，只有我跟大家站在不同邊。咦，怎麼會這樣，手扶電梯是靠右站的嗎？

「不好意思。」

我只得先道歉，急忙朝右側靠攏。

「美女，妳是哪間公司的新進員工吧？得再多加把勁才行囉。」

❶ 一首描繪小牛無奈命運的猶太歌謠。

那個頭上戴著阪神虎隊帽子的男人丟下這句話，在電梯上小跑離開。

「大阪果然可怕。」

我打從心底這麼想。

人生第一次被叫「美女」的事，手扶電梯上只有自己莫名站跟大家不同邊的事，不知為何對方知道我是新進員工的事，還有劈頭就被陌生人教訓的事。

各種情緒夾雜在一起，眼淚差點掉下來。

說不定，馬上就要出現穿豹紋的阿姨對我說教了。

我就像一隻孱弱的小鹿，被丟進關了虎豹的籠子。

更別說這隻小鹿對這個社會驚人的無知。不但不懂大阪的規矩，連自己即將進入的公司都一問三不知。

從新大阪車站換乘往大阪站的在來線。

到大阪站後，一邊看地圖一邊走了十分鐘。

這一帶有很多寫著「堂島」這地名的招牌。

雖然看似辦公商業區，從大馬路上走進巷弄時，卻又給人雜亂無章的印象。

找不到公司所在的大樓，正東張西望時，「大阪　堂島大樓」的招牌映入眼簾。找到了！

十層樓的建築，說高不高，說矮也不矮。入口倒是有種氣派高級的感覺。

大販大阪分公司就在這棟大樓的二樓和三樓內。

搭電梯上到二樓，沒看到接待櫃檯，我不知道自己該去哪好。

呆站在走廊上時，門忽然打了開，裡面衝出一個小個子的男人，差點撞上我。

「啊、不好意思，您到敝公司有何貴幹？」

男人堆出滿臉的笑容這麼說。

「啊、不。我才不好意思。那個，我是從今天開始隸屬大販大阪分公司業務一課的大森理香。」

「欸？什麼？是我們的新人喔？搞什麼嘛，虧大了。」

男人迅速收起滿面笑容，身體像是瞬間放鬆，板著一張臉說：

「別傻站在那，擋路。」

「是。」

「是說，現在幾點了？What time is it now ？」

我急忙看手錶。

「九點四十六分，不、四十七分了。」

「不用報得這麼細啦。妳明明是隻菜鳥，排場卻像官老爺啊。」

「官老爺？」

我不懂他的意思，只能重複單字。

「大家早就都到了喔。」

「人事部的人說我第一天十點以前到就行了。」

「是喔。那我問妳，人事部的人叫妳倒立來上班，妳也會倒立來上班嗎？」

欸？什麼啊？這人怎麼跟小學生沒兩樣。

或許感受到我冷冷的視線，男人又跟最初一樣堆了滿臉的笑。

「開玩笑的啦，快去跟總經理打招呼吧，他在等妳了。」

男人用下巴指了指走廊盡頭的房間。

「謝謝。」

我道謝後抬起頭，他已經跑出走廊了。看來是去上廁所。

我朝剛才在走廊遇到的那個假笑男用下巴指示的房間走去。

這裡就是分公司總經理的辦公室了。

大阪分公司總經理，奧山敬一。他也是大販的董事之一。

這點資訊，就算是我也懂得先查。

對我這樣的菜鳥來說，總經理是高不可攀的存在。

帶著一點緊張，我敲了門。

「進來。」

門內傳來一個聽起來似乎有些不耐的低沉聲音。

我聽得膽顫心驚，一邊怯怯地說「打擾了」，一邊開門進去。

出現在眼前的，是一張打開的體育報。

大大的標題寫著「窩囊虎隊，恥辱的五連敗」。

這間辦公室的主人，坐在一張又大又氣派的辦公椅上，身體微微後仰，正在讀那份報紙。

「請問——」

伴隨著「啪刷」的聲音，報紙被粗魯地摺起來，奧山總經理的臉出現眼前。

哇！

又酷、又黑、超嚇人。

穿著筆挺深藍色條紋西裝，看上去非常紳士。黝黑的皮膚應該是打高爾夫球曬出來的吧。犀利的眼神，怎麼看都不像正派人士。

壓倒性的威嚇感。

我嚇得發不出聲音。

「妳誰？」

「我是從今天開始隸屬大販大阪分公司業務部業務一課的大森理香。」

勉強才能說完這句話。

「喔，是嗎。用那邊的電話打內線四十三號。」

「咦？內線嗎？」

「動作快。」

一頭霧水的我，只能拿起總經理指的那台桌上的電話，按下四十三號內線。

第一聲鈴還沒響完，對方就接起來了：

「喂，我是椎名。請問有什麼事嗎？」

我暫且用教育訓練時學到的電話禮儀打招呼：

「啊、是，承蒙您照顧了，呃——」

我望向總經理，他還在看那份體育報。

「請稍等一下。那個……請問我該說什麼？」

總經理頭也不抬，照本宣科似的說：

「新來的大小姐已經到了，請馬上來接她。」

無可奈何之下，我只好複誦：

「那麼……新來的大小姐已經到了，請馬上來接她。他是這麼說的。」

只聽見電話那頭說「笨蛋，我聽到了啦」，電話便被用力掛斷了。

我還拿著話筒不知該如何是好，就聽到敲門聲與「打擾了」的聲音。門打了開，身穿洗練灰色西裝，身材中等的男人走進來。跟剛才的內線電話一樣的聲音。沒記錯的話，他剛自稱「椎名」。話說回來，他來得還真快。動作、聲音和表情都無可挑剔。

「就是這位嗎？新來的大小姐？」

男人一邊看著我，一邊用嘲弄至極的語氣問奧山總經理。

「沒錯，自己說自己是大小姐，還算勇氣可佳啊，時下的年輕人。」

（還不是你叫我說，我才那麼說的啊）我內心暗自反駁，總經理盯著我的眼睛看。這個人的威嚴果然不是開玩笑的。

「這位是椎名部長，妳的主管。好好跟著他學習吧。」

奧山總經理只說了這句，視線又回到報紙上了。

「啊、謝謝。」我低下頭。

「好囉，走吧。」

聽著椎名部長懶洋洋的語氣，我再次體認到自己真的來了大阪。

跟著椎名部長走在大阪分公司的走廊上。

「很嚇人吧？」

「咦？」

「奧山總經理。」

「不、沒那回事。」

「不用勉強沒關係。」

「啊、是，是有一點。」

「雖然長相和氣質都有點恐怖，別看他那樣，其實人很親切，很照顧下屬的，別擔心。」

「這樣啊。」

「還有，抱歉吶。」

「咦？」

「分發部門那天，沒法去總公司接妳。」

「不、別這麼說。」

一邊這麼回答，一邊意識到這是來大阪後，第一次有人對我說話這麼溫柔，不禁一陣鼻酸。

這個主管或許人還不錯。

正當我這麼想時，椎名推開門，走進大家正在辦公的辦公室。

我急忙跟進去。

「來，大家注意這邊。」椎名拍了拍手掌。

樓層裡的所有人都站起來，看著我。

完全就像一隻在市場裡待價而沽的小牛。

「這位呢，是今年分發到大阪分公司來的新進員工……喂，叫什麼名字？」

「啊、我叫大森理香。」

「好喔，聽不到。」

「我叫大森理香！」

我盡可能發出最大的音量。

「那麼，用十五秒自我介紹吧。」

「欸？自我介紹嗎？」

無視慌張失措的我，椎名看著手錶。

「準備好了嗎？預備——開始！」

「啊、大家好，初次見面，我是大森理香。出生在東京的世田谷區。雖然進了圖書經銷公司，但對書知道的不多。呃……」

「ＯＫ，十五秒到了。一點也不有趣。」

椎名部長判若兩人似的，用無情的聲音這麼說。

「可是才十五秒……」

「電視廣告多半是十五秒，書名和書腰上的文案也都是能在十五秒內說明完畢的內容。不準備好濃縮在十五秒內的自我介紹可不行。妳是新人，早就該想到今天必須要自我介紹吧？」

「是。」

就算是這樣沒錯，有必要講得這麼嚴格嗎？

我立刻收回剛才說他人還不錯的話。

「功課。去書店教育訓練前，妳得想好一套得體的自我介紹。」

「書店？教育訓練？從什麼時候開始？」

「當然是從今天開始啊，這還用問嗎？」

「從今天……」

「怎樣的客人拿起怎樣的書，怎樣掏出他們寶貴的錢來買，要用自己的眼睛好好去看一看。能在第一線看見這種事的機會可不多。」

我不知如何回應，愣愣站在原地。這時——

「中川，人呢？」

椎名部長四處張望，這麼大聲喊著某個名字。

瞬間，門打了開來，剛才走廊上差點撞到我的那個小個子男人一邊用手帕擦手，一邊回到辦公室。

「是！中川隆志在這裡。」

「喔，來了來了。這位是中川組長，暫時由他來帶領妳。他會帶妳去教育訓練的書店。」

咦？剛才那個虛偽的假笑男？

「啊、請多多指教。」

中川又是笑容滿面地這麼說。

「好囉，走吧。」

又是這句難以形容，令我聽了一陣虛脫的話。「好囉，走吧」。

這裡果然是大阪。

椎名部長說從今天開始書店教育訓練，正確來說應該是從隔天起。

那天，中川組長帶我去大阪市內和大販有合作往來的書店一一打招呼。這些大販經銷的書店，似乎稱為「大販結算」。

「結算」原本指的是計算帳簿收支的意思，在出版業界，則指書店和哪間經銷商合作。全國書店大致上可分成「大販結算」和「帝販結算」兩種（當然也有一些是跟中小型經銷商合作的書店）。

以連鎖書店來說，有旗下所有書店都跟同一個圖書經銷結算的，也有像大型連鎖書店「紀尾井屋書店」那樣，某些分店跟大販結算，某些分店則跟帝販結算，這就比較複雜了。那天，從連鎖書店到街邊小書店，我被帶去各式各樣的地方。每一次都要自我介紹。

於是我才明白，為什麼椎名部長要我在「去書店教育訓練前想好一套自我介紹」。想也知道，我沒機伶到能在這麼短時間內想出體面又有趣的自我介紹，每次都在語無倫次的自我介紹中結束。

無論在哪間店自我介紹，光是說自己「是東京人」，對方就會用稀奇的語氣說「是喔，東京喔」。每次我都惶恐地回答「不好意思」。漸漸地，甚至開始覺得自己在東京出生成長是一件壞事。

不管去哪間書店，進去時中川組長臉上都堆滿了笑容，大聲招呼道「承蒙照顧，我們是大販的人」。那模樣就像動畫《海螺小姐》裡出場的角色「三河屋大哥」。

在外面得一直保持笑容，難怪他在知道我只是同一間公司的菜鳥時，會那麼快就收起笑容，這種心情我不是無法體會。

傍晚，他帶我去明天開始接受我前往教育訓練的文越堂書店堂島分店。

文越堂書店是全國性的連鎖書店之一，堂島分店位於商業區中一棟商業大樓的二樓，在離大阪分公司走路差不多三分鐘的地方，是一間中型書店。

中川組長臉上掛著他擅長的笑容，問正在整理書架的女店員「柳原店長在哪裡」，對方回答「倉庫」後，中川便一副對別人家熟門熟路的樣子，兀自推門進去。我遲疑了一會兒，也趕緊跟上。

「您好，我們是大阪的人。啊、柳原店長，承蒙照顧。」

他露出比在今天其他書店增強百分之二十的笑容。

柳原店長是個目測身高超過一百八十公分的大個子，和小個子的中川組長站在一起，對比更是顯得強烈。

「店長，她就是明天起要在您這邊教育訓練的新人大森，請多關照了。」

「我叫大森理香。東京出生，東京長大，真是不好意思。請多多指教。」

說著，我低下頭。已經記不清是今天第幾次了。

「為什麼要為東京出生東京長大道歉啊？」

抬起頭，柳原店長對我微笑。

「沒有啦，只是隨口說的。」
「我也是東京出生東京長大的人喔。」
我差點大叫「咦？真的嗎？」，勉強在最後一刻忍住。
「妳有在書店工作的經驗嗎？」
「沒有。」
「那有從事服務業的經驗嗎？」
「沒有。」
「那麼，妳以前打過什麼工？」
「當過一陣子家教。」
「是喔，這麼優秀呀。」
「沒有沒有，不敢當。只是教親戚小孩功課，結果成績也沒進步多少。」
面對異常惶恐的我，店長也沉默了。
感覺氣氛變得尷尬，中川組長趕緊開口打圓場。
「店長，正如您所見，我們這個新人就是這款的，看來要讓您費神了。不好意思，還請多多照顧她。」

「大阪的寶貴新人，一定會好好對待的。」

「不不、店長，請把她當成跟其他文越堂的員工一樣，狠狠鍛鍊一番吧。」

「請多多指教。」

我像個笨蛋一樣再度低下頭。

第一天勉強熬到下班，我朝離公司徒步十分鐘左右距離的商務旅館走去。下個放假日棉被才會寄到租屋處，那之前的這星期，我都會住在這裡。

長途跋涉到大阪和第一天上班的緊張，讓我整個人都快虛脫了。

現在一心只想躺下。

去便利商店買了便當和冰棒，辦理入住手續。

走進房間那一瞬間，我大受衝擊。房間比想像中狹小多了。

衛浴沒有分開的一體成形浴室裡，就連個子嬌小的我坐進浴缸時，雙腿也無法盡情伸直。

仔細想想，才發現至今我根本沒住過商務旅館。

更令我錯愕的，是這房間的冰箱沒有冷凍庫。

原本打算吃完飯再來享受冰棒的，這下不先吃就要融化了。

不管是房間太小還是冰箱沒有冷凍庫都讓我想哭。

隔天早上，我在文越堂書店堂島分店的教育訓練正式展開。

早上八點半集合。

一天的工作，從打開大販送來的紙箱開始。紙箱上有大販的商標，我在八王子物流中心教育訓練時看到不想再看的紙箱。想到這些紙箱千里迢迢從八王子來到這裡，不禁感慨萬千。

負責指導我的，是在這裡打工十年的安西雅美小姐。

「還沒打開紙箱前，我們也不知道裡面裝了什麼。大販會為不同書店寄出不同內容的紙箱。」

感覺好像我們公司把書強迫推銷給書店喔。

我在教育訓練時學過，這叫模式化配書，是一套根據書店規模和商品暢銷度來決定配書內容與數量的系統。當然，也有書店訂幾本就給幾本的情形。不過，暢銷書多半無法滿足書店要求的數量。

「啊，怎麼只有五本！」

雅美小姐大叫起來。

她手上拿的，是一本叫《櫻色，是什麼顏色》的小說。

作者是我沒聽過的女性作家。

「上星期，女演員新開真衣在電視上提到自己熱愛這本書，從那天起，客人的詢問就沒停過。」

「還會受到這種影響喔！」

「那當然啊。雖然現在大家都說不看電視，其實電視的影響力還是很強呢。還有，報紙和電車上的廣告也有影響。」

「這樣啊。」

「我們跟大阪訂了二十本，結果只來五本。這樣一下就會賣光了啦。寄這麼一大堆書來，真正想要的書卻愛給不給的，大販就是這樣。啊、抱歉，大森小姐，忘了妳是大販的員工。」

「不不不，敝公司老是給各位添麻煩。」

「算了，這個先別提，來幫我上架好嗎？書籍上架比較難，就從今天發售的雜誌開始吧。那麼，跟我來。」

首先，從在倉庫進行的作業開始。我要做的，是把女性雜誌的贈品和雜誌本體綁在一起。雅美小姐教了我怎麼做。先把贈品夾進雜誌內，再用繩子綁起來。

咦？原來把贈品夾進雜誌是書店店員的工作啊，我從來不知道。還以為在出版社就先裝好才送出的呢。

總共綁了十本雜誌，這任務真不簡單。

結束後，終於要把雜誌搬去店頭上架了。

先把雜誌區平台上的上一期雜誌拿下來，再把最新一期擺上去。

從雅美小姐那裡學了做法後，我就打起精神開始做了。

好，這點小事我應該也辦得到。得意忘形地做了一會兒，在不遠處做其他事的雅美小姐急忙跑過來。

「等等，大森小姐，妳堆得太高了！這樣會垮掉啦！」

看來我似乎堆得太高了。

「不好意思！」

開店前要做的事很多。

像是店內店外的掃除、收銀機的設定等等。

每個人都默默工作著。我再次體認到，書店的工作真是體力活。

很快地，十點一到，開門營業。

客人們陸續進來。

「歡迎光臨！」一邊這麼迎接客人，一邊繼續手邊的工作。

之後，在雅美小姐的指示下，我進入倉庫幫忙處理退書。

光是聽到「退書」這個單字，我就想起入間退貨中心，心情一陣憂鬱。

不只如此，我的預感果然應驗，這個任務執行起來心情確實不太好。

我要做的，是用機器去掃各個書架負責人挑出來退的書上條碼。從條碼中讀取的資料，會輸送到大阪的電腦系統中，用來處理退款。

對書店而言，退書是很重要的工作。完成退書程序後，進貨時預付的款項才會退回來。同時，這似乎也是一件令書店員感到難受的工作。因為，原本以為賣得完的書，卻不得不像這樣退回去。

掃完條碼的書，會再裝進和進貨時一樣的紙箱裡。進貨時書和紙箱都是全新品，退回的書卻莫名感覺有點蒙塵。就連紙箱也顯得有些破爛。

這些書，將會送回我教育訓練時待過的入間退貨中心，之後再送往出版社的倉庫。運氣好的或許可以重獲新生，得到重返書店的機會。運氣不好的，就是被裁成碎片，變成用來做衛生紙或什麼的再生紙。這或許也是一種人生吧，只是心情就會有那麼一點感傷。

到了十二點也無法午休。

位於商業區的這間店，午休時間才是最忙的時段。

客人接二連三上門，包括雅美小姐在內，所有店員當然都忙得不可開交。得等到全世界的公司都結束午休，書店店員才能輪流去休息。

也沒時間悠閒在外面餐廳吃頓午餐，我和雅美小姐一起去便利商店買了三明治，好不容易才有空在倉庫裡配果汁吞下肚。

「大森小姐，妳為什麼想進大阪？」

雅美小姐這麼問。

我不知該如何回答才算正確答案。

進公司前和進公司後，都被問了這個問題無數次。我到現在還找不到答案。

「我現在正在尋找這個答案。」

盡可能老實地給了回答。

「是喔，這樣啊。」

「對安西小姐而言，大阪這間公司給妳什麼樣的印象呢？」

這次輪到我對雅美小姐提出問題。

「這個嘛，對我來說『大阪就等於紙箱』。因為大阪總是把書裝在紙箱裡送來，賣剩的書也是裝在紙箱裡送回去。」

的確，光是今天一個上午，工作時不管到哪都能看見大販的紙箱。倉庫裡也到處堆滿大販的紙箱。

見我盯著紙箱看，雅美小姐好像以為自己話說得太過分了，拚命想補救：

「抱歉抱歉，我想大販一定是間好公司喔，畢竟是大企業嘛？再說，至少從大販來我們店的人都沒有壞人。」

我含混點頭，為了轉換話題，再提出一個問題。

「安西小姐為什麼選擇從事書店店員的工作呢？」

「我會來書店工作，大概是因為單純喜歡書吧。雖然只是打工，但店長已經把文學書的書架交給我負責了喔。規劃書架真的是很開心的工作。」

這麼說著，雅美小姐露出有點羞赧的笑容。

和明確知道自己想做什麼的她相比，現在我什麼都沒有。這是最讓我難受的地方。

傍晚，聽見中川組長「承蒙照顧，我是大販的人」的聲音。

才一天而已，聽見他的聲音已經覺得好懷念。然而組長並未過來向我打招呼，只跟柳原店長聊了一下就回去了。

教育訓練第二天，店裡讓我體驗了站收銀台。

胸前別著「實習生」的名牌，和雅美小姐一起站在收銀台內。

我不經手金錢，只從客人手中接過商品，讀取條碼。如果客人買的是書，就問對方需不需要包書套。

自己以客人身分上書店時，總覺得這一連串的作業看起來好像很簡單。但是，實際上自己來做做看，才發現非常緊張。

因為不管店員做什麼，一舉手一投足客人都盯著看。動作慢一點的話，還會感受到來自客人「能不能快一點」的無言壓力。漸漸地，我暗自希望「最好客人都說不需要包書套」。

然而，和我的期待正好相反，表示需要包書套的客人很多。

「大森小姐平常是不是不太上書店？」

正好沒客人的時候，雅美小姐這麼問。

「看得出來嗎？」

「嗯，看得出來。從妳問客人要不要包書套的時機就知道了。」

看來，我連開口的時機都和習慣上書店的人不一樣。我在想，下次假日應該去逛逛書店了。

「不過，會愈來愈習慣的啦。」

雅美小姐這麼鼓勵我。

的確，到了下午，工作本身已經適應得差不多了。

也能俐落地為客人包上書套。

然而，在我得意忘形的時候，陷阱就等在前方。

「讓您久等了，歡迎光臨，請問需要包書套嗎？」

我這麼對客人說。

咦，沒有回應。

抬頭一看，站在眼前的竟然是椎名部長。

糟了。我沒好好看著客人的臉，只是自顧自地執行了流程。

「請幫我包書套。」

「啊、好的。」

趕緊想把書套包上去，卻愈著急愈包不好。

好不容易才把包好書套的書交給他。

「要好好看著客人的臉工作才行啊。」

椎名部長像是自言自語似的這麼說完，又靜靜走出店外。

「讓您久等了，歡迎光臨。」

我一邊接待下一位客人，一邊心想。

他是特地來看我工作狀況的嗎。

結果我卻搞砸了。

想起要出發教育訓練前，椎名部長對我說的話。

「怎樣的客人拿起怎樣的書，怎樣掏出他們寶貴的錢來買，要用自己的眼睛好好去看一看。能在第一線看見這種事的機會可不多。」

那之後的時段，我都盡可能看著客人的臉，問他們需不需要包書套。不知是否錯覺，總覺得這麼做了之後，客人的答案和自己預期相同的準確率似乎提高了。

在文越堂書店兩天的教育訓練結束。

現在的我已經知道書店工作非常辛苦，同時，我也產生了「想知道更多」的欲望。

因為，我開始覺得什麼都不懂、什麼都不會的自己，實在是太沒用了。

晚上七點多，隨著「承蒙照顧，我是大販的人」的招呼聲，中川組長來了。

他是專程來向文越堂的大家道謝的。

中川組長首先對柳原店長低下頭說：

「給您添了各種麻煩，這次真的非常感謝您。」

我也趕緊跟著低下頭說「非常感謝您」。

「這兩天或許很吃力，不過妳很努力喔。辛苦了。」

柳原店長如此慰勞我。

「不、您過獎了，我沒幫上什麼忙……」

大概已經習慣我異常惶恐的舉動了吧，店長沒有否認也沒有同意，只是說：

「總之，明天開始彼此就是合作夥伴了，請多多關照囉。」

「我才要請您多多關照，今後一定全力以赴。」

我一個勁兒地低頭。

接著，我們再去向雅美小姐道謝。

「這兩天非常感謝您，我真的學到很多。」

「雖然我說了大阪的壞話，但還是很仰賴妳的喔，今後也請多多關照啦。」

雅美小姐笑著這麼回應，一旁的中川組長插口：

「咦？妳說了我們公司壞話喔？」

「對啊，誰教你們只給了五本《櫻色，是什麼顏色》，我明明訂了那麼多。」

「現在那本書很難拿到啊。」

「可是，我聽說梅田的紀尾井屋書店就堆了五十本喔。」

「不、那是——」

「那是什麼？」

「所以說……」

「吼，虧我還跟大森小姐說『大阪是一間好公司』呢，看來這話要收回才行了。」

雅美小姐嘴上開玩笑，表情卻看得出很認真。

「我再努力看看。」

中川組長一臉為難地說。

「欸？真的嗎？太好了。」

瞬間，雅美小姐整張臉都亮了起來，轉向我說：

「大森小姐，太好了，妳有個好上司呢。下次見囉。」

說完，她就走了。中川組長大大嘆了口氣。

離開文越堂書店後，我問中川組長：

「那本書進貨真的這麼不容易嗎？」

「是啊。不過，這次是我的失誤啦。」

「是這樣喔？」

「各家書店分配幾本書，當然不是我能決定的事。根據書店規模和過去的業績，每間書店能分到的本數都有規定。話雖如此，也不是沒有其他調書的管道。」

「其他管道？」

「這些事妳還不用學沒關係，簡單來說，就是跟出版社業務打好關係，或是請八王子物流中心的負責人協調看看之類的。這也是我們工作的一部分，不過這次，是我沒想到安西小姐對那本書這麼執著。話說回來，這兩天受了人家這麼多照顧，還是得幫她想想辦法才行。」

受了人家這麼多照顧，指的應該是我教育訓練的事吧。

「抱歉，原本今天想請妳吃頓飯的，可是現在我得去一趟講英館，死馬當活馬醫看了。」

「講英館是？」

「出版社啊，那本書的出版社。」

「咦？現在才要去嗎？」

「幸好講英館大阪分公司離這邊很近。」

看看手錶，已經晚上八點多了。

「大森，妳真正的工作明天就要開始了，快回去休息吧。」

中川組長這麼說著，舉起一隻手朝我揮了揮，人就朝與車站相反的方向去了。

當業務真不簡單……

受書店照顧的人是我，卻因此為他增加了負擔，想來真是過意不去。

八王子物流中心啊……

跟我同期進公司的高坂現在就被分發到那邊。

說不定我可以拜託他看看。

我拿出手機，傳了訊息給高坂。

「高坂，有沒有努力工作啊？我總算是結束書店教育訓練，明天要正式開始業務工作了。對了，你知道講英館出的《櫻色，是什麼顏色》這本書嗎？教育訓練時很照顧我的『文越堂書店堂島分店』文學書架負責人很想要多進一些這本書，我的上司正在努力爭取，但好像很不容易。」

前往旅館途中，我去便利商店買了晚餐和冰棒。這時，高坂回訊息了。

「大森，謝謝妳，看到妳也很努力真是太好了。我大概也總算掌握生活節奏了吧。不過，站著工作一整天比想像中還累人。關於配書的事，我應該能想辦法弄到幾本。那本書很暢銷呢。」

太棒了！

說不定我也能派上用場了。

等不及回旅館房間，忍不住把冰棒拆開來邊走邊吃。

今天的冰吃起來特別美味。

隔天，我正式以大販大阪分公司業務部成員的身分開始工作。

話雖如此，也只是跟著中川組長到處跑業務而已。

我們一早就先前往文越堂書店堂島分店。

在倉庫等雅美小姐時，我問中川組長。

「昨晚成果如何？」

聞言，中川組長得意地從包包裡拿出三本《櫻色，是什麼顏色》。

「平常建立的交情派上用場了。」

「哇！」

瞬間，我的手機傳出收到訊息的提示音。

是高坂傳來的。

「跟客戶談生意時手機要關靜音啊。」

中川組長這麼提醒，我一邊回答「好的」一邊還是看了訊息。

「關於《櫻色，是什麼顏色》，我應該可以爭取到五本。」

喔，太棒了！

正想跟中川組長報告時，雅美小姐走了進來。

「謝謝，你幫我拿到書啦？」

「哎呀，費了我好大一番勁呢。」

中川組長用賣人情的態度拿出三本書。

「三本喔？不能再想辦法多給一點嗎？」

「現在這數字已經是極限啊。等再版就能多送一點過來了。」

「到那時候就太遲啦。」

我不假思索插入兩人的對話。

「那個……」

他們一起望向我。

「我或許能拿到五本配書。」

安靜了一瞬間。

中川組長露出嚴肅的表情，但雅美小姐發出歡呼。

「真的嗎？我太開心了！」

「因為受到您很多照顧嘛。」

「我是很照顧妳沒錯，所以，真的可以麻煩妳配書嗎？」

「是。」

看到雅美小姐這麼開心，我也忍不住精神抖擻地回應了。

「中川先生，你有個好部下嘛。」

雅美小姐一邊開著玩笑，一邊又走出了倉庫。

「怎麼一回事？」

走出書店，中川組長依然頂著嚇人的嚴肅表情這麼問。

「沒有啦，跟我同期進公司的朋友，現在分發到八王子物流中心，昨晚我就拜託他幫忙想想辦法，剛才收到回覆說可以爭取到五本。我正想跟組長你報告，雅美小姐就進倉庫了。」

「原來是這樣。」

中川組長還是一臉嚴肅。

「因為你昨晚有說可以請物流中心協調看看……」

「我是這麼說了沒錯，但我也說妳還不用學不是嗎？總之事情都這樣了也沒辦法，先回公司吧。」

回到公司前，中川組長的表情一直都很難看。

原本以為這麼做大家都會很開心，難道我做錯了嗎？

一回到公司，立刻就被椎名部長叫了過去。

簡直就像他一直在等我們似的。

「八王子物流中心向我們抗議，說中心的新進員工瞞著上司配書，原因是大阪分公司提出無理要求。」

啊、是在說高坂吧。

「不好意思，是我的責任。」

我還來不及辯解，中川組長就先開了口。

「是我跟她說了類似『拿不到的書可以試試其他管道』的話。」

「這樣啊。大森，妳跟我來一下會議室好嗎。」

我跟著椎名部長走入會議室。

一坐下來，我就開始辯解：

「我只是想多獲得大家一點認同，想說有什麼是我能做的……」

「所以，妳認為自己能做的，就是去拜託同期進公司的朋友？」

「……對。」

「這還真是個輕鬆的方法呢。」

「輕鬆……嗎？」

「完全沒靠自己雙腿去跑任何地方，也沒站在被妳拜託的人立場想過吧。就算這次的事沒被發現，這位在物流中心工作，跟妳同期進公司的男生為了幫妳，瞞著上司做了這件事，對他有任何益處嗎？」

我從來沒想過這個問題。

只因為是同期進公司的朋友，隨口就拜託了他。

為了做這件事，高坂一定很為難吧。

「妳想想看，無論是中川、我或是大阪分公司裡的任何一位同事，大家在大販都工作這麼多年了，誰在八王子物流中心沒認識幾個朋友？」

部長說的沒錯。

大家一定都有認識在八王子物流中心的朋友。

要是每個人都像我這樣隨口要求朋友幫自己負責的書店配書，那會變成怎樣？後果將會一發不可收拾，這是顯而易見的事。

我連這麼理所當然的事都沒想到。

笨蛋。真是太愚蠢了。大森理香，沒想到妳笨到這地步。

就算才剛畢業不久，就算只是剛出社會的菜鳥，笨也該有個限度。沒用也該有個限度。

這一瞬間，內心深處湧上某種情緒。

還在心想不能哭出來時，眼淚已擅自滑落。

「追根究柢，為什麼派我到大阪分公司？為什麼叫我當業務？連為什麼想進大販都無法對書店的人說明的我，為什麼會在這裡呢？比我適合的人肯定更多，為什麼是我來大阪，為什麼是我當業務，為什麼我現在會在這裡，我真的不明白，請告訴我為什麼。」

狠狠發洩了一直梗在心中的東西。眼淚止不住地流下。

就像潰堤的水壩。

再也停不下來。

過了一會兒，椎名部長默默離開會議室。

幾分鐘後，勉強停止哭泣時，中川組長走了進來。

「好囉，走吧。」

他懶洋洋地這麼說。

「走？走去哪裡？」

「椎名部長要我帶大森妳去小林書店。」

「小林書店？」

「見到就知道了。」

「見到……」

就這樣，我終於與小林書店相遇。

工作上最重要的是什麼，人生中最重要的是什麼，這一切，我都從小林書店的小林由美子女士身上學到了。

那天上午，我和中川組長從大阪車站搭上ＪＲ神戶線。

小林書店在尼崎市，離一個叫立花的車站最近。

聽到尼崎這個地名，我也只知道這裡是搞笑藝人組合「DOWN TOWN」的故鄉。

真要說的話，感覺是個比大阪還恐怖的地方。到底會出現怎樣嚇人的店主呢。

我猜，一定是為了對軟弱沒用的我來一記當頭棒喝，才會帶我去這位最強店主的書店吧。

中川組長什麼都不跟我說。

他心裡大概在想「以為哭就沒事了嗎？女人就是這麼麻煩」。

從大阪搭了十分鐘左右，電車抵達立花站。

看起來沒什麼特殊之處的一個車站。

我們走在從車站北口延伸出去的拱頂商店街上。這是一條散發昭和年代古早風味的舊城區商店街，似乎不是我想像中的那種可怕地方。

走了幾分鐘，穿出商店街，路上的人突然變少。

「就是這裡。」

中川組長停下來，手指著一塊藍色招牌，上面寫著「小林書店」。店很小間，外觀和我這幾天被帶去跑業務的那些連鎖書店有很大的不同。

「妳在這裡等一下。」

讓我在門外等，中川組長自己先進去。

今天沒聽到他走到哪都會喊的那句「承蒙照顧，我是大阪的人」。

「喔，中川先生，你來啦？最近好嗎？」

店內傳出一個女人的聲音，聽起來不是什麼恐怖的歐巴桑，我稍微鬆了一口氣。

「是，託您的福，由美子女士，今天帶我們家新人來，讓她跟您打個招呼好嗎？」

「當然好啊。」

那位「由美子女士」這麼回答，聲音很是溫柔。不過，還不能掉以輕心。身穿豹紋或虎紋毛衣的尼崎阿姨肯定正瞄準了她的獵物。

「大森，進來吧。」

聽到中川組長的聲音，我伸手順了順頭髮才匆匆走進去。

在店裡看到的，是一位和聲音一模一樣優雅的女性。看得出年紀比我母親大一點，大概將近六十歲或六十初頭吧。

「初次見面，您好，請多多關照。我是大販大阪分公司業務部的大森理香，在東京出生長大，不好意思。」

「為什麼要道歉呢？真是個怪孩子。」

「對不起。」

「又在道歉。」

由美子女士笑咪咪地走到我前面，握住我的兩隻手，微笑著說：「理香，歡迎來小林書店。」

我被她握著手，不知為何覺得心頭漲得滿滿的，只能默默點頭。

中川組長在旁看著，忽然說：

「不好意思，由美子女士，我有點事情得去辦，可以把這傢伙交給您一小時左右嗎？」

「咦？」我一陣錯愕。

「一小時兩小時都可以喔。」由美子女士說得若無其事。

那麼長的時間，我該做什麼才好？

「那就麻煩您了。」

「好喔，交給我吧。」

中川組長走出店外。

這一搭一唱是怎麼回事……

「請問，我該幫什麼忙好呢？」

「什麼事都不用做，店裡又沒客人。」

聽到她這麼說，我重新環顧店內。

空間好小。和文越堂書店堂島分店完全不同，連十坪都不到吧。

一眼就能看遍整間店。對了，這是因為中央的書架做得很低的關係。

此外，幾乎所有的書都以封面朝外的方式陳列。

大部分的書都附上了介紹文。

在書店，附在書本旁介紹的文案一般稱為「ＰＯＰ」，這間店的ＰＯＰ很難形容，但總覺得好像不太一樣。

店內中央還擺了許多傘。與其說擺放，應該說掛在桿子上。這裡不是書店嗎？為什麼會這樣？

不只如此，上面還寫有大大的宣傳文案「也有那把傘」。

（那把傘是哪把？）正當我這麼想的時候，由美子女士對我說：

「明明是書店卻在賣傘，很有趣吧？」

由美子女士彷彿看穿了我內心的想法。

「原本啊，我們就是為了繼續開書店才賣傘的喔。」

「這樣啊？」

「妳想知道為什麼我們店裡會開始賣傘嗎？」

「是，我想知道。」我不假思索回答。

「會講很久喔，沒關係嗎？」

「沒關係，應該沒關係。」

「那麼，喉嚨也乾了，我去拿茶過來。理香妳先坐這裡。」

我按照她說的，在椅子上坐下。

接著，由美子女士便開始了長長的說明。

小故事① 為什麼書店會開始賣傘？

這是一九九五年一月十七日。阪神．淡路大地震時的事。
當時，尼崎的受害狀況也相當嚴重。
當然，和神戶、西宮及淡路島相比災情還算是輕微，
所以電視幾乎沒有報導。
可是，實際上地震時也是搖得很厲害。
真的很可怕。
附近的公寓全倒，
甚至也有人過世。
這間店裡的書全都從架上掉落，
玻璃也碎光，北側牆壁倒塌，房屋半毀。
我們平常就住在店的樓上喔。

少了一面牆，每次下雨就直接下進屋內。

只要一下雨，二樓家裡就會淋濕得亂七八糟，

真的很傷腦筋。

要是不想辦法把牆壁修好，是無法繼續生活的。

所以，我們就請工程行來估價。看到估出來的數字，我心臟都要停了。

妳猜多少錢？

……八百萬唷。

這不是說拿就馬上拿得出來的金額吧？

為了經營書店跟銀行貸的款也還沒還清，

已經無法再借更多了。

可是，也只能想辦法了。

總之，拿出全部的存款，

把所有能解約的保險什麼都解約，

勉強在不借錢的狀況下修好房子。

然而，那時我就深切體認到，

這下已經沒有退路了，真的是站在人生的緊急關頭。

就算沒有這件事，商店街的人潮也已不如從前。

像我們這樣的小書店，

不像大書店總有源源不絕的客人上門。

現在又加上地震的事。

再不想想辦法，只能把店收起來了。

這間店是我從爸爸媽媽手中繼承的，

要是在我這一代手中結束經營，那就太愧對父母了。

最重要的是，我真的很喜歡書。

即使是這麼小間的書店，

還是有客人說：

「不管怎樣都想在小林書店買書」。

只要還有這些客人，店就絕對不能倒。

話雖如此，

光靠賣書的利潤是撐不下去的。

想繼續開書店，

就得想些新的生意來做才行。

我一直在思考，該怎麼做才好。

就在那時，我注意到一本雜誌。

到現在都還忘不掉。

那是一本叫《PRESIDENT》的雜誌。

上面刊載了一位製傘公司的社長專訪。

那間公司叫「Shu's selection」，社長名叫林秀信。

聽說年輕時，社長也開過治療院和餐飲店，

四十歲那年，他認為自己能做的只有傘，

就把其他店都賣掉，開始專門製造傘。

起初，他主要接受海外高級品牌委託，代工製造授權商品。

好幾間公司跟他下訂單，因此賺了不少錢。

可是，他始終有個野心，想用自己原創的商品在商場上一決勝負。

因為一直以來，看著自己用一千五百日圓交貨的傘，

掛上知名品牌就能賣到上萬日圓。

那麼貴的傘，一個人一輩子會買幾把？

林社長的希望是全日本的人都能拿自己製造的傘。

他一定思考了很多吧，

原本都在國內生產，

後來下定決心把工廠轉移到中國。

這都是為了製造出高品質但價格便宜的傘。

當時，折疊傘的平均售價約為三千日圓。

他決定將品質更好的傘

用比計程車起跳價還便宜的五百日圓販售。

為此，必須重新檢視原料和產線。
就這樣，最終完成的
就是這把Waterfront的「SUPER VLE 500」。
這真的是一把好傘。
總之，就是這樣的一篇專訪。
讀到那篇專訪的瞬間，我馬上觸電似的知道「就是這個了！」
林社長的想法令我深深感動，
心想，這麼好的傘要是能在自家店裡賣，
一定會賣得很好。
這麼一想，馬上付諸行動。
立刻查了電話號碼，打去那間公司。
「喂，請問貴公司的傘，可以放在我們店裡賣嗎？」
「您那裡是傘行嗎？」
「不是。」

「是雜貨店？」

「不是。」

「那麼您是賣什麼的呢？」

「這裡是書店。」

聽我這麼說，對方瞬間說不出話來。

「我們過去沒有把傘放在書店銷售過耶。」

他這麼說。

於是我立刻回應：

「那就讓這裡成為日本第一間賣貴公司傘的書店。」

因為我死纏爛打，對方大概也拿我沒轍吧。

兩天後，Shu's selection 的業務就從東京來了。

那個人現在已經身居高位，整個人外表也很有威嚴了，不過，當初還很年輕，看上去就是個跑業務的男孩子。

大概是傍晚六點來的吧。

我向他傾訴了自己熱烈的心情，

說我無論如何都想賣他們公司的傘。

回過神來，已經是晚上的八點。

居然講了兩個小時。

這時，一直默默聽我說話的他才開口：

「老闆娘的心情，我很明白了。」

我心想太棒了，我的熱情打動了對方。沒想到，他用冷靜的語氣接著說：

「但是，我想應該沒辦法。」

咦？為什麼這麼說？

「我在這裡待了兩小時，總共只來了三個客人。」

確實如他所說。

被戳到痛處了。

這個時段，有時甚至一個客人也沒有呢。

能來三個人還算好的。

他接著又說：

「很抱歉，客人這麼少的話，傘是賣不出去的。

傘和書不一樣，沒有退貨制度。

您進貨就是買斷。

對平常習慣委託販售制度的書店，賣傘應該不太容易。

站在敝公司立場，當然可以賣斷就好，

但那樣對小林書店來說，囤貨風險太高了。

不建議您這麼做。」

老實說，這話聽了雖然教人有點火大，

但客觀來看，判斷是正確的，所以也沒辦法反駁。

只是，我被他這麼一說，

反而更想進這把傘來賣了。

原因呢，首先是我無論對這個男生或對這間公司，

都產生了很大的好感。

他從東京來可是要花交通費的呢，

沒賣出任何東西就回去，豈不是虧本了嗎。

可是他卻說「不賣」。

代表這個男生人老實，公司的教育也很誠實。

我愈來愈中意Shu's selection這家公司了。

再說，這個跑業務的男生或許不知道，

我在這塊土地上開書店多年，也不是白開的喔。

這麼偏僻地方的這麼一間小書店，

賣出的成績好到受出版社表揚過好幾次呢。

我被激起了不服輸的心，

想說不就是傘嗎，我賣給你看啊。

「先結清款項也沒關係，絕對不會給貴公司添麻煩的，

總之請先讓我試一次看看吧」。就這樣，我說什麼也不肯退讓。

「那我明白了，能聽到您這麼說，是敝公司的榮幸。

只是，我們家的商品不是放著就會自己賣掉的東西，
這把傘好在哪裡，
希望小林女士能對客人好好說明再賣，
您做得到嗎？」

我心裡想，你有沒有搞清楚自己在跟誰說話啊。
不過，這話當然沒有說出口。
但是，我店裡的書可沒有一本是放著就默默自己賣掉的呢。
「先展示商品給客人看，再好好說明商品的優點，我最喜歡這麼做了。」
我斬釘截鐵地如此回應。
聽我這麼說，
業務才總算出了最低限度的貨量給我。
就這樣，兩百五十把傘來到小林書店。
仔細想想，那時正值五月初。

是一年中雨下得最少的季節。
即使如此，還是得賣才行啊。
總之，為了之後能夠正常進貨，
現在除了把這批傘賣光之外，沒有其他退路了。
於是，我先試著向來書店的人推薦這把傘，
對一位總是來買週刊雜誌的客人說：
「我們店裡開始賣傘囉，這把傘超棒的呢。」
一邊說明，一邊把傘撐開。
那位客人就問：
「很不錯的傘嘛，一把多少錢？」
一聽到我回答「五百圓」，
客人很高興地說：
「這可真便宜！」
就像這樣，我一一對常客們推薦這把傘，

傘也一把又一把地賣出去。

可是，上門的客人本來就不多，

光是這樣也賣不了幾把傘。

我便打定主意，要去外面賣傘。

把書和傘堆在送貨用的推車上，

發出喀啦喀啦的聲音，走在商店街裡。

商店街裡每間店的人我都認識，

聽到這麼吵的聲音，大家都上前來問：

「怎麼啦？推車上怎麼有傘？」

「我們開始賣傘啦，

有客人說想實際看看傘長什麼樣，我就送過去給客人看看。」

其實根本沒人這麼說。

「咦？傘？」

但是，只要對方像這樣產生了興趣，那就是我的勝利啦。

我迅速拿起傘，撐開來詳細說明。

「這把傘啊，有十六支傘骨，這麼堅固的傘，你猜要多少錢？」

「兩千左右？」

「不、只要五百。」

「這可真便宜吶。」

「這邊這把是男用傘，這把是兒童用。」

「這樣的話，我和孩子的爸各一把，孩子自己一把。我買走三把可以嗎？」

「可以啊可以啊，賣光我再回去拿就是了。」

就像這樣，傘一把又一把地賣掉了。

接下來的一星期，

我就這麼推著推車在商店街裡喀啦喀啦走來走去，

終於把兩百五十把傘賣光了。

我立刻聯絡Shu's selection的業務。

「跟你進貨的那些傘，全部賣光了喔。」

「真的嗎？」

當然會嚇到的吧。

就這樣，我又再進了一批貨。

可是，問題馬上發生了。

商店街的人全都買完一輪後，

傘立刻就滯銷了。

妳認為這是為什麼？

傘賣得出去的原因，不就是因為「堅固耐用，不容易壞」嗎？

堅固耐用不容易壞的傘，買過一次就不會再買了嘛。

同樣的東西不需要買到兩三把。

欸，怎麼好像變成落語的結局了？

正好梅雨季也過了，只有陽傘賣得出去。

這下可不妙，得想想辦法才行。

就在這時，某天店裡來了一個曬得黝黑的客人。

「你是去海邊玩了嗎？」

我這麼問。

「沒有啦，我去跳蚤市場賣二手衣，在外面擺攤就曬黑了。」

對方這麼說。

跳蚤市場？

我又像觸電似的覺得「就是這個！」

在好奇心的驅使下，對那位客人問東問西。

「做生意的人也可以參加嗎？」

「跳蚤市場有一半都是專業的店家去擺攤的喔。」

於是我就問了主辦單位的聯絡方式，立刻打了電話。

當時，ＪＲ尼崎車站前有一大塊空地。

聽說原本是KIRIN啤酒工廠的預定地。

現在那裡變成一棟很大的購物中心就是了。

西日本最大的跳蚤市場，就在那塊空地上舉行。
我想說不管怎樣先去擺一次攤看看，就申請了。
市集當天，在車上裝滿了傘。
請我家把拔送我去會場。
啊、我家把拔就是我先生啦。
我看著左右兩邊的攤位，學人家怎麼布置攤位。
因為還要顧這間書店，
幫我布置好攤位後，我家把拔就先回來了。
一開始，沒有半個客人靠近。
光是知道這攤位賣傘就避開了。
畢竟當天是個大晴天，根本也不需要買傘。
我馬上就知道，
坐著不動是賣不出去的。
必須動起來才行。

於是，

我把傘撐開又收起，

嘴上還喊著「這邊有不錯的傘，請來看看」。

效果立竿見影。

一個客人朝這邊看了一眼。

只要對上眼神，接下來就是我囊中物了。

我迅速說明這是一把多好的傘，

再說出價錢，對方立刻買下。

有趣的是，只要有一個人停下來看，

其他客人就會好奇地靠過來，

傘一把接一把地賣出去，簡直到了有趣的地步。

只是，差不多過了兩小時，又發生了一個問題。

對，是廁所。

其他攤位都有兩、三個人顧，

只有我是自己一個人擺攤。

原本還覺得疑惑，攤位這麼窄，為何需要那麼多人。

這下總算明白原因了。

不但如此，廁所還在很遠的地方。

可是，我已經無法再忍耐，決定請隔壁攤位的人幫忙顧一下。

「要是有客人來，我會幫妳賣的啦。

這把有十六根傘骨，堅固耐用的傘只賣五百圓對吧？

從早上到現在就一直聽妳說明商品，

我都聽到會背了。」隔壁攤位的人這麼說。

上完廁所回來，他還真的幫我賣掉了四把。

就這樣，從早上十點到下午四點，

沒有休息一直賣傘。

妳猜賣了多少？

兩百把，收入十萬圓。

很厲害吧？

話雖如此，我的心情卻有點複雜。

為什麼？

因為我終於明白，做生意的地點有多重要。

在那之前，我一直認為做生意不能光靠地點。

長年以來都堅信，

只要有幹勁，只要做法對了，

就能克服地點不好的缺陷。

我一直頑固地抱著這個念頭，

就算小林書店開在這種誰也不會走過來的地方，

還不是一路經營到現在。

然而，不得不承認，

如果能在有大量人潮經過的地方，

一天就能賣出這麼多。

話雖如此，小林書店又不可能遷移。

只是，在店裡等客人上門收入絕對有限。

好，既然如此，那我就去人多的地方賣。

我下定決心，要好好賣這把傘。

為了繼續經營書店，為了繼續賣書。

就這樣，每逢星期天，

我就去人多的地方賣傘。

各地的跳蚤市場都去了。

不只尼崎，神戶、大阪和京都都去了。

不管到哪都賣得很好。

幾個月下來，我察覺一件重要的事。

妳猜是什麼？

那就是，跳蚤市場基本上都是「雨天停辦」。

說起來也是理所當然啦。

只是，第一次遇到停辦的時候，我真是大受打擊。
進了這麼多貨，這些傘現在怎麼辦？
當時心裡這麼想。
本來，雨傘這東西，應該在下雨的日子賣得最好才對啊。
結果卻因為下雨就不能賣了，不覺得很諷刺，很好笑嗎？
不、不是笑的時候啊，我真心感到苦惱。

這時，
位於神戶東灘區青木的Sunshine Wharf找上了我。
那裡原本是渡輪碼頭，後來改建成購物中心。
當時才剛開幕，
購物中心每個月舉行一次跳蚤市場，
我也參加過幾次。
因為我的攤位總是賣得很好，

Sunshine Wharf的人注意到了，就來跟我說：

「傘店的老闆娘，

妳的攤位總是很多人來呢。

有件事想跟妳商量看看。」

他們不知道我是「開書店的」，

完全把我當成「傘店老闆娘」了。

「建築和建築中間的通道，

因為有屋頂，所以做成臨時出租店舖，

雖然比跳蚤市場的攤位租金貴一點，

但下雨也能擺攤，位置又更寬敞，

妳有沒有興趣每星期來擺攤啊？

有老闆娘來賣傘，也能幫我們購物中心達到聚集人潮的效果。」

幸運的是，

剛好那時沒有其他同樣賣傘的攤位進駐，

他們才找上了我。

說來也是值得慶幸。

最重要的是，再也不會因為下雨就不能賣啦。

再說，到處跑市集的生活我也過得有點累了。

從那時起，除了去其他地方參加特別活動外，

我都在Sunshine Wharf的固定攤位賣傘。

話是這麼說，也不是坐著不動就能把傘賣掉，哪有這麼簡單。

賣傘的攤位既不起眼，

路過的人一看到是賣傘的，直接就走過去了。

來商場的客人和抱著參加祭典的心情逛跳蚤市場的人不一樣。

為了扭轉這個局勢，

無論如何都得先抓住路過的人的視線。

我決定仰賴「語言的力量」。

首先，豎起高高的招牌旗幟。

上面寫的是妳在這裡也看到的這句話：

「也有引發話題的那把傘」。

像這樣加上「引發話題」幾個字，

看到的人是不是就會想「是喔，這把傘引發了話題喔？」

雖說引發話題的人其實是我啦。

再者，用「那把傘」的方式描述，對方也會好奇「是哪把傘」。

當客人上前詢問「引發話題的傘是哪把傘」時，

就是我的勝利啦。

聽了我的説明，大多數人都會買。

我還用心地寫了這段文章。

「傘是愛。

為了不讓你被冰冷的雨淋濕，

為了不讓你被太陽曬得筋疲力盡。

不斷思考鑽研做出的，就是這把傘。

我總認為，傘就是愛。」

很不錯的文章吧？

哪有人自己講？

可是，我真的這麼認為啊。

也有人看了這段文章，進而對我賣的傘感興趣。

為了維持書店經營才開始賣的傘，

不知不覺也賣了十三年。

我很喜歡書沒錯，

但現在也變得很喜歡傘了。

雖然是為了維持書店經營才開始賣的傘，

我從來沒把這當成順便做的兼差。

畢竟，不會有任何製造傘的廠商

希望賣的人只是抱著隨便賣賣的心情去賣吧？

這不但是拚命製造出來的傘，員工的生活也全靠這個呢。

所以，賣的人必須拚命把製造者的心意傳遞給消費者。

因此，賣傘的時候，我就是賣傘的。

現在，大販也常向各個書店提議，

說可以在店內販售雜貨等商品。

當然，我沒立場對別人的事插嘴，

只是總忍不住會想，

這樣的做法，是真心認為「這商品真好」才打算賣的嗎？

因為書店經營不容易，

想著只要能加減賺錢就好，

抱著這樣的心態賣東西，

對商品也太沒禮貌了吧？

話題好像扯遠了，

總之，就像那樣，

在固定地方做生意後，熟面孔也慢慢增加了。

現在購買我的傘的，大概有七成是回頭客吧。
在那邊賣東西也發生了很多有趣的事，
有空再說給妳聽好了。

由美子女士說話的嗓音順耳，感覺就像在聽落語。

另一方面，我也明白由美子女士面對自己的工作時有多麼認真了。

和她相比，自己又是如何？

對工作不特別有熱情，也沒那麼喜歡書，對公司沒有愛。

「我講的話沒什麼意思嗎？」

看到我一臉嚴肅，由美子女士擔心地問。

「不是的，我只是在想，自己不像由美子女士對工作那麼有熱情。」

「這也是理所當然的啊。妳才剛開始工作而已嘛。」

「話是這麼說沒錯……」

「工作和人一樣，慢慢去喜歡就可以了。還是說，理香妳是會一見鍾情那種類型？」

「沒有這回事。」

我急忙否認。

「這樣的話，慢慢來就好啦。我家的傘也是一樣。一開始雖是為了維持書店經營才賣的，現在我已經跟愛書同樣愛傘了，真的愛喔，就是這麼回事。」

「的確有道理。可是，我這種人又能做什麼呢？」

「為什麼要說『我這種人』。」

「咦？」

「不是啊，我只是在想，妳為什麼要說自己是『我這種人』。」

「為什麼呢。」

「就我看來，理香有很多令我羨慕的地方呢，然而妳卻說自己是『我這種人』？」

「對不起。」

「不用道歉呀。」

「就覺得很不好意思。」

「理香，妳要不要先從『知道更多對方的事』開始？」

「知道對方的事？」

「對。為了喜歡上對方，首先必須熟悉對方。我剛開始賣傘的時候也是這樣呀。不先熟悉自己要賣的傘，怎麼賣得出去。比方說，這把傘的傘布是氟樹脂加工，傘柄不是不鏽鋼而是碳纖維，若要跟客人說明這是一把值得珍惜的好傘，這些都要講得出來才行。唯有先做到這一點，傘才賣得出去。在這樣銷售的過程中，我就慢慢愛上自家販賣的傘了。」

「原來是這樣啊。」

「無論工作、公司或周遭的人，慢慢來也沒關係，一點一點找出對方的優點，試著去喜歡。這麼一來，就會想了解更多對方的事。什麼都好，難得有緣進入大販工作，不去喜歡工作、公司或周遭的人豈不是太可惜了嗎。」

確實如她所說。

哭也好笑也好，我們一天大多數的時間都得在公司裡工作度過。如果總是抱著不情願的心情做事，等於人生大多數的時間都在不情願的心情中度過。

我決定每天至少從公司和周遭的人身上找出一個「優點」。

走出小林書店，感覺全身湧出活力。

這種感覺是怎麼回事呢，真難形容，或許可以說是儲值了新的能量。

進公司到現在，第一次體會這種感覺。

時間已過下午一點半。

這麼說來，還沒吃午餐呢。

此時，正好看見中川組長從前方悠悠走來。

「喔，時間剛剛好。」

「是。」

「不然，去吃個午餐吧？」

「好的。」

我精神抖擻地回應。

中川組長一定是為了等我才先不吃午餐的吧。還有，裝作工作剛好結束的樣子過來接我，對於我在小林書店做了什麼事也不多過問。

中川，你人還滿好的嘛。

今天的「找一個優點」很快就達標了。

不可思議的是，當我開始每天從工作、公司和周遭的人身上找「優點」後，眼前的景色突然改變了。

我開始覺得，自己是有福之人。

仔細想想，好幾個大人犧牲自己的時間，圍繞在什麼都不懂的我身邊，教導我各式各樣的事。真要說的話，我就算付學費也不為過，反而還領了薪水。

這麼一想，大販還真是一間非常好的公司。雖然有點昭和年代的老派作風和體育系社團的硬派氛圍，但正如文越堂書店的雅美小姐所說，這裡沒有一個壞人。

大阪這個地方，我也漸漸適應了，不再那麼害怕。

人生首次的獨居生活，比想像中還開心。

公司幫忙找的租屋處，住起來比一開始投宿的旅館寬敞又舒適。

離梅田只要搭四站電車，這點很吸引人。車站前雖然有點雜亂，但也因為這樣，這一帶有各種店家，想做什麼都很方便。光是便利商店就有好幾間，還能評比各家賣的冰棒。不用走多遠就有一個公園。

我想了解更多工作、公司和周遭的人的事。

最重要的一點，明明進了一間銷售圖書的公司，我對書知道得未免太少，這是個大問題。於是，我開始提早進公司讀報。為的是看報紙上的圖書廣告。

因為我聽說，只要每天瀏覽報上的圖書廣告，就能大概掌握現在暢銷的是哪方面的書。

除了普通報紙，我也會看《文化通信》和《新文化》等業界報。上面寫的內容多半看不懂，這種時候就會去問中川組長。慢慢地，我也知道現在業界面臨的問題是什麼了。

還有，我打算利用搭電車通勤的時間閱讀。

不管怎麼說，過去的閱讀量實在太少，成為我和書店店員交談時的致命傷。

我又去了一趟小林書店，請由美子女士建議「過去幾乎不閱讀的我」該讀什麼書。

由美子女士給我的建議是閱讀一個叫「百年文庫」的系列。

「百年文庫」是一系列的短篇集，全套共有一百集，每一集都以一個漢字為主題，收錄三篇短篇小說。作品不限日本或海外。

由美子女士的推薦理由是：因為是短篇，可以利用搭電車的時候一次讀一篇。

內容對閱讀菜鳥的我來說，門檻好像有點高，但我決定努力讀讀看。每讀完一本就能去小林書店再買一本，這成了我的動力。

順帶一提，系列第一集的主題是憧憬的「憧」。

收錄在這一集的三篇短篇小說分別是太宰治的〈女學生〉、雷蒙．拉迪蓋的〈DENISE〉和久坂葉子的〈第幾次的最後〉。

說來可恥，那時我連太宰治的書都沒讀過一本。

更別說拉迪蓋和久坂葉子，甚至連名字都沒聽過。

看了三人的簡介，我嚇到了。拉迪蓋二十歲病故，久坂葉子二十一歲自殺。兩人死的時候都比現在的我還年輕。太宰治死於三十九歲，但他二十歲時也曾自殺未遂。以「憧」為主題的書，為什麼收錄的是這樣的三個作者呢。

一讀之下，我迷上了太宰治的〈女學生〉。

寫的人是個大叔，怎麼會這麼了解女孩子的心情啊。

我被書的內容深深吸引，電車差點坐過站。

拉迪蓋給我「這什麼東西」的感覺，久坂葉子則是令我吃驚。

這居然是比我年紀還小的女孩寫出來的東西。
就這樣，我活到二十二歲，才第一次接觸了「文學」。
不用說，我的閱讀速度跟烏龜一樣慢，搭電車的時間又很短，花上好幾天才讀完一個短篇也是常有的事。

兩星期後，我負責跑業務的書店確定了。
主要負責的，正是教育訓練時叨擾過的「文越堂書店堂島分店」。
去店裡打招呼的時候，柳原店長笑著出來迎接。
「我之前就在想，大森小姐應該會來負責我們店。」
「咦，真的嗎？我好高興喔。」
「不、我只是說應該會，可沒說希望妳來喔。」
他馬上就這麼吐嘈了。柳原店長雖然是東京出生、東京長大，住在大阪已經很多年了。
要是兩星期前的我，可能會當場愣住，什麼話都回不出來。

可是，這段期間以來，我也有所成長。

我已經知道，像這樣的吐嘈，在大阪是一種表達好感的方式。

要是真的「討厭」對方，根本不會特地費心吐嘈。

「欸，還以為店長會很高興呢。」

我故意用鬧脾氣的語氣這麼回應。

我開始明白，這種「演出」也是商場上必要的潤滑劑。

話說回來，說不定我的演出會讓人家覺得噁心，不過我還是嘗試了。

柳原店長不愧是成熟的大人，立刻回答：

「開玩笑的啦，我很高興喔。」

就這樣，順利完成一場裝傻與吐嘈的演出。

這時，打工的雅美小姐來了。

「啊、大森小姐，沒想到真的變成妳來負責我們店了喔？」

「不好意思，真的變成我了。」

「欸，真的假的！」

雅美小姐故作誇張地抬起頭。

這也是大阪人表達好感的一種方式。應該啦。

「雖然我還不是很可靠，請多多關照！」

我深深低下頭。

雅美小姐笑了，要求和我握手。

「沒辦法，既然都變成這樣了，今後也請多關照囉。」

我伸出雙手，緊緊握住雅美小姐的手。

除了文越堂書店堂島分店外，我還負責另外大約三十間書店。

幾乎都是小規模的地方書店，其中也包括小林書店。

我很期待再次造訪小林書店，為此決定努力工作。

之後的一星期，持續跟著中川組長去向各書店輪流打招呼。

這時，我再次體認到地方上的小書店經營有多艱難。每間店固然都在拚命努力，但銷售狀況也都很吃緊。

不管哪間店，地點都比小林書店好，規模也比小林書店大。

輕易就能想像小林書店經營起來有多不容易。

即使如此，由美子女士還是那麼開朗有活力，她是怎麼辦到的呢？真要說的話，她為什麼會想繼承一間書店呢？

我有好多想問由美子女士的事。

一星期後，終於有機會重訪小林書店。

小故事② 為什麼繼承了書店？

我也不是一開始就想開書店。

別說開書店了，我甚至不想繼承家裡的生意。

妳說，這樣的我，為什麼會繼承這間店？

這話說來又長了，做好心理準備喔。

我出生於昭和二十四年。

當時還是戰後不久。

小時候，甚至常有傷殘軍人在這附近的商店街走動。

妳不知道傷殘軍人是什麼？

就是在戰爭中受了傷，手或腳殘障的退伍軍人。

即使如此，

那時大家都工作得很勤奮。

商店街裡的店全都是早上六點就開門做生意了。
晚上十二點才關門打烊也是天經地義的事。
畢竟路上從早到晚都有很多人嘛。
所有的大人都在默默工作。
大家只是沒說出口而已，
但都知道不能再有第二次戰爭，
必須早日讓生活步上正軌才行。
或許因為這樣，大家才會那麼認真地埋頭苦幹。
我們家的書店也一樣，六點開門十二點打烊。
換成現在這個時代，
半夜十二點還開著的書店，頂多只有蔦屋書店了吧？
我父母那時才剛開始經營書店，也是很拚命。
父親在十一個兄弟姊妹中排行老五，是家裡的三男。
他小學畢業就離開家，

在尼崎一間五金行當包吃住的學徒店員。
就在這時，他收到徵召令，入伍打仗了。
戰爭結束後，在親戚介紹下和母親結婚。
聽說，他們居然是婚禮當天才第一次見面。
妳聽了是不是覺得，那到底是個什麼樣的時代啊？
當時，我父母沒有房子也沒有工作。
於是，他們開始思考將來。
他們認為，「書店」這樣的環境對孩子有好處，
就決定開書店了。
碰巧有個遠房親戚也開書店，
我父母就去那邊學怎麼經營書店，之後自己獨立創業。
話雖如此，進書好像還是很不簡單。
當時不像現在，有圖書經銷會把書送上門來。
他們得自己搭電車去大阪，

在那邊買了書之後再自己帶回來。
用一塊大大的包袱巾把書包起來，揹在雙肩上。
畢竟是書，那重量可是重得不得了。
所以，只要放下來一次，
就無法靠自己再揹著起身。
一路上總是得靠身邊的人幫助。
我從小就常聽父親告訴我這些事。

所以，在我小的時候，
一起床店就開著了，
睡覺時也還開著。
星期天也好，放假日也好，暑假、寒假和春假都沒有休息，
每天都開著。
就算覺得過年期間總該放假了吧，

我家的店還是從元旦當天就開始營業。
當時，領了壓歲錢的小孩們，
總是第一個衝進書店。
為了這些孩子，過年也和我家無關。

運動會的時候也是，
母親只會在午休時間帶便當來，
陪我吃了之後，連比賽都不看就回去了。
教學觀摩日也幾乎只來露個臉就走。
看到她來的時候，我真的很高興，
可是下次再轉頭往教室後方看時，她已經離開了。

現在回想起來，
做生意那麼忙，
光是來露個臉，對她而言已經很不容易。
話雖如此，當時的我還是個小孩，無法理解父母的苦衷。

總之，就是很討厭家裡經營書店帶來的這些。
當然，我也知道父母拚了命地在工作，
可是幼小的心中，對書店真是討厭到不行。
不用說也知道，全家出門旅行對我而言是個無法實現的夢想。
父母大概覺得這樣的我們很可憐吧，
每逢暑假，就會把我和妹妹送到親戚家。
說是要讓我們體驗鄉村生活。
然而，這對孩子們來說卻是壓力很大的一件事。
我們去的是京都靠日本海那側一個叫宮津的地方。
就在天橋立附近。
第一學期結業典禮後，母親當天就送我和妹妹到大阪車站，
帶著暑假作業搭上火車。
那時候還沒有電車，是真正的火車。
得搭好幾個小時吧。

我和妹妹得自己搭這好幾小時的火車。

真的很不安。

可是我是姊姊，就算不安也不能表現出來。

還記得看到來車站接我們的叔叔時，

真的鬆了一大口氣。

不過，接下來才難熬。

因為我們得住在鄉下一個月的時間。

話先說在前頭，我可是都市小孩。

不可能適應鄉下生活嘛。

最難受的是吃的東西。

鄉下的飯菜以新鮮摘採的蔬菜為主，

我還能忍耐著吃，妹妹完全吃不了。

結果，那邊的奶奶就生氣了，

罵我們說：

「不吃就不要吃！」

還真的就不端出其他東西給我們吃了。

現在回想起來，

人家願意照顧我們，也是費了很多心思，

可是當時，想家的我一心只想回家。

話雖如此，不管我和妹妹在那邊過得多寂寞，

不到八月十五日，母親絕對不會來接我們。

到了八月十五盂蘭盆節，她來掃墓時，

才會當天順便帶我們一起回家。

一想到能回尼崎，我真的好開心。

對了，我小學三年級還是四年級的時候，曾被霸凌過喔。

開端是我右邊臉頰上的傷。

三歲時，從鄉下房子的簷廊摔下去，臉上縫了九針，留下了傷疤。

要是現在，

或許能治療到不留傷疤。

可惜當時的醫療技術還沒這麼好。

其他小孩子口無遮攔的，會拿別人身體上的特徵來取笑、霸凌。

說來悲哀，

我無法把這件事告訴工作忙碌的父母。

其實不想去上學，

但年幼的我也隱約知道不能說這種話。

結果，放學回家後，

我也不出去玩，每天都在家裡哭。

還曾拿著家裡的刮鬍刀，

想說是不是能把傷疤刮掉……

連這種傻念頭都曾有過呢。

就在過著這麼黑暗生活的四年級時，

一位從石川縣調來的男老師成為我們導師。

那位老師發現我喜歡寫作文，
就每天要大家寫作文。
我很享受寫作文。
寫了好多好多。
老師會用油墨印刷的方式製作文集。
寫得好的作文，還會被老師唸出來。
我的作文三次裡至少會被唸出一次喔。
對我而言，這是無上的鼓勵。
就這樣，
我慢慢開始覺得，
被霸凌也沒有什麼了。
說起來，自己也不能拿傷疤怎樣。
用這種身體特徵霸凌別人的人太過分了。
我發現，是霸凌別人的孩子不好。

為了那種事胡思亂想的自己真像個笨蛋一樣。

這麼想著，

我就冷靜下來了。

我猜，母親對一切都知情。

不管怎麼隱瞞，她還是察覺了我被霸凌的事。

她一定跟我一樣心痛吧。

等到自己也成為母親之後，現在我能懂她的心情了……

我想，一定是母親去跟老師說了些什麼。

拜此之賜，我充分體會到寫作的樂趣。

為了寫作，我也成為大量閱讀的小孩。

或許就在那時，第一次慶幸自己家裡是開書店的。

就這樣，上了國中之後，

我甚至連自己臉頰上有傷疤的事都忘了。

話是這麼說，當時還沒有繼承書店的打算。

其實我本來想當的是高中國文老師。
為此，必須先上大學才行。
然而，父親大力反對。
因為他希望我繼承「小林」這個姓氏。
所以，我必須跟願意入贅的人結婚才行。
現代人或許難以想像，
當時，從四年制大學畢業的女生，
幾乎不可能招到贅婿。
我父親也是抱持這種傳統思想的人。
我不可能為了上大學忤逆父親，
說不出自己想當國文老師。
畢竟，我一直看著父母一天也不休息的努力工作，
那麼任性的話，怎麼也說不出口。
儘管父親說「可以去讀短大❷」，

我卻認為與其這樣，不如早點開始工作，
高中畢業就出社會工作了。
我就職的地方，是一間知名的玻璃公司。
其實我就是在那裡和我家把拔……啊、意思是我先生啦，
我們就是在那間公司認識、交往，然後結了婚。
所謂的社內結婚。
而且，還按照我父親的希望，
戶籍上，由我先生改姓小林。
我終於實現願望，成為上班族而不是生意人的妻子了。
照理說故事應該到此有個美好結局。
結婚後，我們住的是公司宿舍。
就在尼崎市內喔。

❷ 兩年制的短期大學。

換句話說，婚後我雖然離開了娘家，
卻還是住在娘家附近。
當時，同一間公司的男女結婚後，女性就得離職，
這是一種不成文的規定。
我沒工作後，白天閒著沒事做，
就回娘家的小林書店幫忙。
結果就這樣陷下去了。
我居然發現……什麼啊，書店還挺好玩的嘛。
或許因為當時還抱著半玩樂的心情，
所以感覺更開心吧。
之後，我懷了女兒，
女兒出生後，我仍帶著還是嬰兒的她去店裡幫忙。
女兒一歲的時候，
我妹妹結婚，從娘家搬出去了。

這麼一來，家裡多了個空房間，
就討論起和爸媽同住的事來。
我先生也說好，
我們全家就搬到小林書店樓上了。
這時的我愈來愈能理解經營書店的魅力，
整個人很投入。
就這樣過了六年。
這段期間內，兒子出生了，
女兒也已經七歲。
此時，我面臨一大轉機。
那就是——先生公司派他轉調分公司。
地點在茨城縣的鹿嶋。
就是鹿島神宮那邊啦。
聽說這一去就得去十年。

怎麼辦好呢？
是要跟他一起去，還是讓他單身赴任？
現在的人或許難以想像，
當時茨城縣對我們來說，是個很遠的地方。
時代和現在也不同，
一旦選擇了單身赴任，
頂多只有盂蘭盆節和過年能回尼崎。
「我絕對不想那樣」。
我無法一個人扶養兒女，
即使當了母親，我依然是個「不中用的傢伙」。
這樣的話，只能帶著兒女跟先生去茨城了。
我的父母將跟先前一樣勉強維持生意……
雖然他們年紀還不算大，但一定會很辛苦……
我當時才剛開始插手小林書店的生意不久，

對店裡的事和父母都擔心得不得了。

自己一個人煩惱了很久。

於是，先生對我說：

「我打算辭掉工作。」

「咦？為什麼？」

「仔細想想，我發現自己眼前有兩條路可走。既然如此，只要選擇經營書店就好了啊。」

「咦，可是，你不是很喜歡公司嗎？辭職真的好嗎？」

「我是很喜歡公司沒錯……」

看吧，這個人果然在勉強自己妥協。

「可是，選擇和家人一起生活，到了人生的最後一刻，我一定不會後悔。」

「話是這麼說，這麼小的一間店也賺不了什麼錢喔。」

「能有個遮風擋雨的棲身之處，全家人填飽肚子就行了。」

他的這句話，讓我下定了決心……

「我從來沒做過生意，所以妳得站在前面主導喔，可以嗎？」
這句話又讓我愣得全身動彈不得……
「欸？我？」
「對啊，今後是女性的時代，妳沒有這個心理準備嗎？」
想了一想，我靜靜點頭。
我先生那時正值三十四歲的壯年。
他卻願意放掉安定的職業，投入過去沒有經驗的商場世界。
最重要的是，為了家人，不惜辭去自己喜歡的工作。
為了回報先生的心意，我決定豁出去了。
不、應該說不這麼做會遭天譴的。
就這樣，我決定繼承小林書店。

小林女士長長的故事終於說完了。

我不假思索地說出內心的感想。

「您先生，昌弘先生說得真好。」

「是不是？我也覺得他說得真好。」

由美子女士不但沒有害羞，還直率地曬了恩愛。

「要不是有他那番話，我絕對不會開始經營書店。」

「沒想到現在宛如書店代言人的由美子女士，也有這樣的一段過去。」

「那當然囉，誰沒有過去。理香妳一定也有啊。」

「欸？我這種人什麼都沒有啦，我這麼淺薄的人。」

「理香，我可以給妳一個忠告嗎？」

「是什麼呢？」

「使用貶低自己的詞彙，才真的會變得淺薄唷。」

「好的，可是像我這種人——」

「妳看，又說『我這種人』了。」

「對不起。」

「沒什麼好道歉的呀。為什麼理香總是習慣這樣貶低自己呢?妳可以更有自信一點。」

「上次被由美子女士說了之後,我思考過這件事。」

「咦?」

「就是,為什麼我動不動就說『我這種人』的事。」

「得出答案了嗎?」

「我猜,我只是想保護自己。」

「想保護自己?」

「我不想讓人家對我失望。所以,一開始就先給自己偏低的評語,像是拉出一條防線……很奸詐吧。」

「我是不覺得這樣很奸詐啦,但是,就我看來,妳從很好的大學畢業,進入大公司工作,光是這樣就夠厲害了呀。」

「是這樣嗎……」

「是啊。」

每次和由美子女士說話，都會覺得，即使是這樣的我也能活下去。

不知不覺中，小林書店成為我的心靈綠洲。

來大阪就要滿四個月了。炎熱夏季結束，我也終於比較習慣各種事。習慣了這個城市，習慣了自己一個人生活，習慣了公司和裡面的同事。

「百年文庫」系列好不容易讀到第五集，這本的主題是「音」。收錄的作品包括幸田文的〈廚房的聲音〉、川口松太郎的〈深川鈴響〉及高濱虛子的〈斑鳩物語〉。這三篇的主題的確都是「聲音」。其中，〈廚房的聲音〉這個短篇小說描述經營餐館的主角因病臥床，聽著廚房傳來妻子發出的各種聲音，藉此揣摩對方心境，是這樣的一篇作品。我心想，真虧作者能想得出這樣的內容。

我也逐漸習慣大阪的「聲音」了。

雖說實際狀況還是因人而異，整體而言，大阪人說話聲音很大。最近我才終於適應了那個音量。

當然，我還不會說關西腔，不過，聽力已經進步許多。不、不該說是關西腔的，在關西，人們聽到「關西腔」這個詞彙時，臉色都很難看。

有大阪腔、京都腔、神戶腔，但似乎沒有所謂「關西腔」。再分得更細一點，還有泉州腔、河內腔、播州腔、滋賀腔、奈良腔與和歌山腔等。當然，我根本分不出來，對我而言都是關西腔。

有一次，我請中川組長教我分辨大阪腔、京都腔和神戶腔的不同。

「聽好囉？用標準語邀請人時，不是會說『要不要來？』嗎。把這個說成『來不？』的是大阪，說成『來否？』的是京都，神戶人則是說『來嗎？』啦。」

哎呀，這也未免太難了吧。

「在大阪腔中，『正在做～呢』是禮貌的用語。話雖如此，在京都卻也會對自己人或物品使用這個說法。像是『媽媽在～呢』或『電車行駛著呢』。還有，提問的時候在語尾加上『了嘛？』的多半是神戶。」

我也不知道學會分辨這些之後能派上什麼用場，但對關西人來說，好像是很重要的事。

啊、他們也不喜歡被稱為「關西人」。大阪和京都人，大阪人和神戶人，彼此內心似乎都不想被和對方混為一談，所以不能一概而論。

在這之中，人口約有四十五萬人的尼崎市明明是兵庫縣人口第四多的市，卻常被歸入大阪而不是神戶。不只語言，在各種區域劃分上也是如此。

比方說，電話號碼的區碼，尼崎市和大阪市一樣都是「06」。包括神戶的「078」在內，兵庫縣內其他市幾乎都是「07」開頭。大阪府內則除了大阪市以外的地區，也幾乎都是以「07」開頭。為何只有隸屬不同縣的尼崎市和大阪市一樣呢。

更進一步說，我們大販也是如此，明明有大阪分公司、京都分公司和神戶分公司，位於尼崎的書店卻屬於大阪分公司管轄的業務。當然，小林書店也包括在內。

我曾問過中川組長這個問題。

他只回答：

「我也不知道為什麼捏，就是這麼回事嘛。」

要是以前的我，聽到這個大概只會想「這樣啊」就算了，現在我決定自己查找答案。結果發現，尼崎的區碼之所以會是「06」，背後其實是有故事的。

從明治時代起，尼崎就是個繁榮的工業都市，這裡的工廠經常需要和位於大阪的總公司電話聯絡。戰前，市外電話往往不容易接通，電話費也很貴。戰後，地方上的人因此希望「將尼崎市劃入大阪電信局管轄」，聽到居民心聲的尼崎市和工商會議所便一起向日本電信電話公社（現在的ＮＴＴ）提出陳情。最後，以承接兩億債權為條件，於一九五四年正式將尼崎市劃入大阪電信局。八年後的一九六二年，全國電話區碼重新調整時，又將包括尼崎在內的大阪電信局區碼確定為「06」。

尼崎的書店屬於大阪分公司管轄業務，大概也受到電話區碼很大的影響吧。當然，就地理位置來說，比起神戶，尼崎離大阪也比較近。

我學習了更多關於出版業界的事。

搭電車的時候，開始會注意出版社的廣告了。

早上提早去公司，檢查銷售數據，確認現在暢銷的是哪些書。

電視上如果有介紹書籍的節目就先預約錄影，之後再找時間看。這麼做是為了獲得話題新書的資訊，巡書店時就能跟店員說。

我負責的書店約有三十間，其中「文越堂書店堂島分店」的營業額可說是遙遙領先。當然，我去這邊跑業務的次數也最多。

某天，我一到店裡，柳原店長就說：「大森小姐，可以過來一下嗎？」把我叫到倉庫去。

「我想辦個只有我們店才辦得出來的特別書展耶。」

「特別書展？」

「雖然店裡常辦出版社自行提案的各種書展，對銷售量的刺激其實有限。所以，我想辦個過去沒辦過，特別一點的主題書展。」

「這樣啊。」

「所以，妳能不能以年輕人的品味幫我們想一下啊。」

「我知道了，可以給我一點時間嗎？」

「當然可以，我很期待大森小姐的企劃喔。」

「好的，敬請期待。」

這麼說著走出倉庫的我，內心已經感受到沉重的壓力。從以前我就很不擅長思考企劃。

書展、書展、書展。

不管去哪間書店跑業務，我滿腦子都在想「文越堂書店堂島分店」的書展。商業書架子上，書名有「企劃」、「創意」等字眼的書我全都看了。但是，內容盡是些原本就有豐富創意的人想出的方法，對我來說門檻好像太高了。

「我請客，請帶我去吃好吃的好味燒。」

「怎麼？妳在打什麼主意？動什麼歪腦筋？還是燒壞腦袋了？該不會要跟我說妳想辭職吧？」

我只是約他一起吃個午餐，中川組長就表現出超乎必要的訝異。不過，最後還是帶我去了一間離公司走路十分鐘左右，看起來小小舊舊的店。

招牌褪色磨損到只能勉強辨識出「好味燒」幾個字。

進入店內，生意非常好，空氣裡瀰漫著煙霧和一股甜甜的醬汁香。

「這裡生意很好耶。」

「只要吃過這裡的好味燒，吃其他地方的都無法滿足了。」

好不容易才有位子坐，剛坐下來，中川組長就幫我決定好要點什麼。還用熟練的動作煎起好味燒來。

「妳吃吃看，看味道如何？」

「請等一下，我怕燙……」

我先吹涼後才吃進一口。的確，是過去從未品嘗過的口感和味道。

「好吃吧？」

「是！很好吃。」

「該怎麼形容才好呢，是那個吧？你們關東的人喜歡的高雅口味。」

「好吃！」

我讚美的聲音大到小小店裡的所有人都轉過頭來看。

「太大聲，吵死人了。」

中川組長低下頭，一副嫌我丟臉的樣子。

「吃過這裡的好味燒之後，其他地方的確實可能感到不滿足。」

「是不是？某種意義來說，說不定不是一件好事。」

中川組長也津津有味地吃起來。

仔細一看，我才發現這人有張娃娃臉。

也對，原本一直以為他大我很多，其實沒有相差幾歲。

「我想了想，難得都到大阪來生活了，卻完全不知道哪裡有美味的好味燒店。每天只是在公司、書店和家之間來回，放假日全都用來做打掃和洗衣服之類的家事，一整天就這樣沒了。中川組長假日也都耗在家事上嗎？」

「嗯，也是有這種時候啦。」

「也是有這種時候？平日沒時間洗衣服或打掃吧？」

「那個，我太太會做。」

「欸！」

「幹嘛？」

「欸——！你結婚了喔？沒想到！我都不知道！」

「有這麼吃驚嗎？」

「不好意思，我一直擅自把你當成單身漢……」

「真讓人在意啊……不過算了啦。」

我為了趕緊轉移話題，提出文越堂書店堂島分店書展的事，請教組長的意見。

「原來如此，今天的好味燒就是用來交換這個的是嗎？」

「我看了很多書店辦的書展，都沒看到讓人眼睛一亮的。」

「柳原店長真正想要的不是普通書展，是那種能在社會上引發話題潮流的主題書展吧？」

「引發社會上的話題潮流？」

「對，比方說以前紀伊國屋書店新宿總店舉行的『書的開頭句展』，或是澤屋書店舉行的『書腰大獎』之類的書展。」

這兩個書展我都沒聽說過。

簡單來說，中川組長的說明可以整理如下：

「書的開頭句展」，是把書的內容隱藏起來，只在包起的書套上寫上「這本書的開頭句」，以此作為讀者選書的依據。

「書腰大獎」同樣也是把書的內容隱藏起來，只留下書腰上的文案，讓讀者作為選書的依據。

這兩個主題書展都引爆話題，也賣出了不少書。

說來可恥，我連澤屋書店都沒聽說過。原來這是位於岩手縣盛岡市的連鎖書店，其中尤以車站購物中心FESAN裡的「澤屋書店FESAN分店」最為有名。這間店的POP文案創造了無數的暢銷書。

「我實在不認為自己想得出那麼好的點子。」

「那當然啊，柳原店長也沒對妳抱這麼高的期待啦。只要大森用妳自己的觀點提出意見就行了。」

「我自己的觀點是什麼？」

「這妳要自己思考啊。」

「欸——我都請你吃好味燒了還不告訴我，真奸詐。」

「這樣的話，我就給個提示吧。大森妳的一大強項是什麼？就去活用那個吧。」

我的強項？有這種東西嗎？

這時，中川組長的手機響了。

他一接起來，就用平常那個高八度的聲音笑咪咪地說「我馬上去」，然後掛上電話。

「抱歉，我馬上得走了。這頓真的讓妳付沒關係嗎？」

「當然沒問題。」

「那就多謝招待囉。書展的事，期待妳的表現啊。」

中川組長只給我留下壓力就離開了。

被留下的我，原本光是書展這個課題就夠沉重，現在又多了新的課題「找尋自己的強項」，真是壓力山大。

自己一個人思考也得不出答案。

對了，去問問由美子女士吧。

我硬是找了個藉口，前往小林書店。

明明她工作也很忙，就算對我表現出不耐煩的態度也不奇怪，但由美子女士總是溫柔迎接我，認真聽我說話。這天也是如此。

「理香的強項嗎？看在我眼中，妳有很多強項啊。」

聽了我的問題，由美子女士似乎覺得很有趣，給了我這樣的答案。

「我一點也不這麼認為。」

「那我反過來問妳，妳覺得小林書店的強項是什麼？」

「呃……」

突如其來的問題，使我窮於應答。

是什麼呢？小林書店的強項。

「妳臉上的表情好像寫著『哪有什麼強項』喔？」

「沒這回事。啊、小林書店的強項，應該是由美子女士的為人吧？」

「不用勉強自己說這種話。再說，光靠為人也沒法賣書啊。」

「是嗎？」

「我決定繼承這間店的時候，也曾思考過小林書店的強項是什麼，但什麼都想不出來。因為這裡什麼都沒有啊。暢銷書根本不會被配送到這麼小的書店。沒有商品，地點交通不便，規模小得跟顆豆子一樣。完全沒有贏過大書店的勝算吧？」

「對。」

「說對也太沒禮貌囉。」

「對不起。」

「開玩笑的啦。妳說的沒錯。決定繼承這間店時，我思考了小林書店的強項。」

「請告訴我那是什麼，或許能成為我找到自己強項的參考。」

「這話說來可能又會很長了喔。」

「沒關係。」

就這樣，由美子女士對我說了第三個故事。

小故事③　小林書店的強項是什麼？

我剛到店裡幫忙的時候啊，
完全進不到想要的書。
暢銷書就別說了，連最新發行的書都不會來。
那個時代是漫畫全盛期，最受歡迎的漫畫是《筋肉人》。
只要進得到書，絕對會一本接一本賣掉。
可是，每次都只進得到幾本。
這點數量，一天就賣完了。
就算提出追加，像我們這種豆粒大的書店，總是被往後排。
明明梅田那邊的大書店裡堆著小山高的漫畫，
我們書店卻不管怎麼拜託都進不到書。
等到該買的人都買了，人手一本了，

差不多沒人要買的時候，才會配送過來給我們。
這種不合理的待遇真的教人非常火大。
可是，無論怎麼生氣也改變不了狀況。
只能動腦筋想辦法了。
要怎麼做，才能讓出版社一開始就把暢銷漫畫和暢銷書配送到我們店裡來呢？
我和先生每天都絞盡腦汁地思考這件事。
後來，真讓我們想到了一個主意。
當時，說到暢銷的漫畫雜誌，
就是集英社的JUMP，
小學館的SUNDAY，
還有講談社的MAGAZINE，
這三間是市佔率最大的了。
要是能賣出很多這三間出版社的書，
出版社和大販圖書經銷一定也會對我們書店刮目相看吧。

話雖如此，原本那些比較好賣的暢銷書或最新上市的漫畫，
又不會送來我們這，想賣也沒辦法。
這時，我們想到的方法，
是銷售這些大型出版社出版的「全集」。
當時，各家出版社都企劃出版了不少兒童學習書或美術、料理等書籍。
每間出版社一年大概會推出兩次這種企劃。
全套十集之類的，每一本都厚重又精美，價格也不便宜。
這些都不是擺在店面就會不斷賣掉的書，
基本上，採用的是消費者於出版前事先預約的銷售方式。
我們書店業界稱這種出版品為「企劃物」。
出版社在推出這類「企劃物」時，會提早好幾個月發表，
由書店接受讀者預約，再向出版社提出訂單購買，是這樣的銷售系統。
書店在出版日前一個月提出訂單，
訂幾套出版社就會送幾套來。

不會像暢銷的漫畫那樣，
出現因為書店規模不同就遭大小眼的情形。
我們發現，對小林書店這種小型書店來說，
這是唯一能夠和大型書店同時將閃亮亮的新書擺在店頭上架的機會。
此外，因為是「企劃物」，各大出版社也特別用心，
會去注意哪間店賣出了幾本。
不只出版社，大販也一樣。
要是這時能賣出很好的成績，
之後或許就比較容易進到想要的書了。
所以，我便第一次去參加了大型出版社舉辦的企劃物說明會。
那次的企劃物是整套食譜大全，共有十二本，一本一千兩百圓。
一千兩百圓在當時算滿貴的，
不是消費者會輕易買單的金額。
話雖如此，家家戶戶都需要「烹飪」，

只要好好說明書本的優點，

或許消費者也會認為這是自己用得到的書。

我這麼想。

和現在市面上充斥大量食譜書的狀況不同，

那個時代，上網找尋食譜也不像現在這麼簡單。

食譜書還是有一定的價值。

所以，那天我一邊努力聽說明會的內容，

一邊認真思考如何讓顧客「想買」這套書。

腦中浮現一位又一位顧客的臉，

想像誰會對這套書有興趣，把對方的名字寫下來。

聽完說明會之後，就在回家路上一一去拜訪這些顧客，說明這套書。

結果，一口氣就拿到了四個預約喔。

這也太振奮人心了吧！

我高興得都快跳起來了。

可是呢，高興的同時，還產生了另一種情緒。

對，那就是責任感。

連書實際上長什麼樣子都沒看過，只憑著我說的話，

就願意一口氣買下十二本書。

我開始思考這件事的分量有多重，責任有多大。

出版社的知名度或許也是影響購書的考量之一。

但我發現，更重要的是「信任」。

顧客們信任的，當然不只是我這個人。

他們信任的，包括我那下雨颳風都不休息，誠實做生意的父母。

也包括總是默默把書配送到他們手中的我先生。

換句話說，這是小林書店在這條尼崎立花商店街裡，

三十年來努力打拚建立起的信譽。

我用力告訴自己，唯有這份信任絕對不能受到傷害。

不能只是為了在店裡賣自己想賣的書，

也要好好對顧客說明這些書的優點，
讓顧客買到他們認為值得購買的書。
最後，我總共拿到四十張訂單。
第一集發售那天，看到小林書店的店面裡堆起四十本這套食譜大全的第一集時，
那種自豪的感覺，我到現在還記得。
從那之後，各大出版社推出企劃物時，
我都會去參加說明會。
根據說明會的內容，前往可能會想買那套書的顧客家，
一一仔細說明，取得預約。
就在持續這麼做的過程中，
出版社和大販的業務開始說「小林小姐，妳真厲害」。
實際上，我也覺得自己挺厲害的。
因為我也曾拿到五十張，甚至是一百張的訂單。
還曾拿下全國書店銷售第一名。

做到這個程度後，出版社都會自動配給我一百本《筋肉人》了。

那段時間，大型出版社的企劃物如果賣得好，
書店還經常會被出版社招待到東京，參加在飯店裡舉行的感謝會。
不知不覺中，小林書店每年都受邀參加了。
這真是一件很教人欣慰的事。
畢竟對我們而言，東京是個特別的地方嘛。
受邀到那裡，
見到平常見不到的出版社社長，
還聽到對方親口說「謝謝」。
真的會很感動呢。
要是早個幾年，我怎麼想像得到自己會有這種體驗。
可是，只要稍微努力，彷彿做夢一般的這種事情也能實現。
這話聽起來或許有些自以為了不起，

可是，我真的很希望其他地方書店也能體驗這樣的滋味。
我開始這麼想。
那種感動，只要經歷過一次，
一定會成為一輩子的美好回憶，不是嗎？
即使痛苦和不甘心的事還是很多，
有了這樣的感動，會令人想繼續把書店經營下去。
既然我都能做到，
大家一定也能做到。
有一次，出版社推出《日本國語大辭典》的企劃物，
並宣稱將招待拿到兩百張訂單的書店去東京。
於是，我就召集了幾間跟小林書店相同規模的書店，
請大家一起來賣這本書，一起去東京。
可是，一本要價七千圓的辭典，
哪可能輕易賣出兩百本。

有些書店說「那種事絕對不可能成功」。
我就說「本來就是這樣啊」。
可是，就算只是賣出五十本，這可是一本要價七千的書喔。
算起來也是很好的收入了吧？
在努力推銷的過程中，說不定還能開發新顧客。
一切都對自己的書店有好處呀。
挑戰這件事一點壞處都沒有。
再說，要是成功了，等著我們的將是無比的感動。
難得有這樣的機會，希望大家都能體會那種感動。
這不是漂亮話，
我希望大家經營書店不是只有痛苦，
甚至到最後只能無奈放棄。
一開始，在沒有跟出版社也沒有跟經銷商報告的狀況下，
我們自己成立了一起賣《日本國語大辭典》的專案計畫。

想說，等達成了再去報告，給他們一個驚喜。

可是啊，只有自己做果然不太有趣呢。

我們很想讓誰看看。

該找誰好呢？最理解我們有多辛苦的對象……

終究還是只有出版社了吧。

我請六位書店夥伴聚集在公民館，

舉行「為了賣出兩百本《日本國語大辭典》可以怎麼做」的簡報會議。

同時，我也邀請了那間出版社大阪分公司的人來看。

我說，你們什麼都不用做，什麼都不用說，

只要坐在那裡看我們討論就行了。

光是這樣，就能成為我們的動力。

就這樣，我們當著這些人的面進行簡報會議。

要讓各自的書店都賣出兩百本該怎麼做，

每間書店輪流上台簡報。

像是，怎樣的顧客可以用怎樣的方式說服對方預約。
或是反過來說，分享自己曾經被用怎樣的理由拒絕。
總之，大家集思廣益，把自己想到的都拿出來討論。
簡報會議一星期舉行一次。
從頭到尾都在討論如何把書賣出去，
連茶都沒喝就解散。
我把這樣的討論會稱為「以智慧戰勝蠻力」。
大家都像屁股著火似的把書賣了出去。
六個人之中，竟有三個人達成兩百本的目標，
拿到前往東京的車票。
很厲害吧？
其中一位是獨自經營書店，比我還年長的阿姨。
一本七千圓的辭典，她也賣出了兩百本！
這真的是很厲害的一件事。

即使是沒達成目標的三人，

也賣出了平常難以想像的業績。

「一本七千的辭典能賣出這麼多，實在很有趣。」

大家異口同聲這麼說。

還說「下次再約我們一起做」。

可是，我拒絕了。

「下次請大家各自成為主導，

邀請自己的朋友一起加入，讓書店業界壯大起來吧」，我這麼說。

如果每次都由我帶頭，每次都召集同樣一批人的話，

那就沒有意義了。

得把這個圈子拓展開來才行。

這麼說起來，也曾有過這樣的事。

一開始，是原本交情就不錯的出版社問我要不要銷售婦女雜誌。

「小林小姐，妳就把我們這本雜誌的新年特刊當成『企劃物』來銷售嘛。反正每年十二月固定都會出這本，六月就可以開始預約了啊。」

我聽了也覺得有道理，對啊，只要先預約就好了嘛。

可是，實際做起來才知道不容易。

首先是，目標的數量跟套書不同。

雜誌的話，最少也要賣到三百本左右才能獲得認同。

當時婦女雜誌的新年特刊，價格約落在一千到兩千圓，原本一年差不多只賣出十本的書店，現在得賣出三百本才行。

老實說，挑戰這件事簡直是有勇無謀。

可是，我決定挑戰看看。

我試著向顧客說明婦女雜誌的新年特刊有多划算。

例如，這本雜誌還附贈記帳本，內容也包括了年菜食譜專題。

「還能把這本雜誌當歲末禮物送給今年曾關照過自己的人喔。」

我這樣提議。

結果，獲得很多這樣的反應：

「說的也是，我要買來送我媽。」

或是「送我姊姊好了。」

我聽了又打蛇隨棍上：

「既然如此，要不要也送婆婆一本？小姑說不定也需要？」

有趣的事情發生了。

「一本一千的話……那我買個五本好了。」

出現了這樣的反應。

真的很感謝我的顧客們。

就這樣，我努力銷售，第一次挑戰就賣出了三百本。

因為自己嘗試成功了，

我就又問其他書店要不要也試試看，

大家一起來賣這本雜誌的新年特刊。
結果，每間書店都賣得很好。
看到這樣的結果，出版社的人對我說：
「小林小姐好厲害啊。
把所有書店賣出的數量加起來，說不定有三千本。
統一報告上去的話，應該可以拿到很大一筆獎勵金喔。」

我知道對方是出於善意才這麼建議的。
畢竟三百本這個數字，對我們小書店來說雖然很厲害，
跟大型書店比起來根本不算什麼。
每間賣出三百本的書店，實際上也拿不到什麼獎勵金。
可是，如果能把三千本統一申請，
就能拿到等級高很多的獎勵金。

對方是為我們著想才這麼建議的。

然而，我當場就拒絕了。

「我不想這樣。」

因為統一申請的話，只能以其中一間店當代表。

平常只賣出十本的書店，

拚了命努力賣出三百本耶。

誰不想要錢……當然會想要，

可是更想要的，是自己的書店獲得認同。

大家都是抱著這個想法努力的啊。

出版社的人明明是好心給建議，以為我們會欣然接受，

卻被我二話不說駁回，碰了一鼻子灰。

然而，對方反而跟我道歉，

還親自把獎勵金一一送到各家書店手上。

仔細想想，我們之所以能達成目標，

都是拜一直守護我們的出版社所賜。

所以，我們大家又一起策劃了慰勞出版社的人的餐會。

用領到的獎勵金，包下阪神飯店的宴會廳，

邀請出版社關西分社的全體員工。

雖然預算只夠請午餐就是了。

我們努力銷售，為的並不只是獎勵金，

或許也是想讓人家看看我們小書店的骨氣。

話說回來，這件事成為我們所有人難忘的回憶，

到現在遇到當時的夥伴，一定都還會提起呢。

由美子女士高興地與我分享，彷彿那才是昨天剛發生過的事。

「咦，為什麼會講到這個？」

「在說小林書店的強項。」

「對了對了。」

「那我明白了。小林書店擁有大型書店沒有的緊密人際關係，正因如此才能將企劃物賣得那麼好。」

「是啊，小書店地點不好，光坐著空等，客人是不會上門的。所以我們決定主動出擊，也因此達成了目標。原本以為的弱點，最終成了最大的強項。」

「弱點成為了強項……」

「理香覺得自己在工作上最大的弱點是什麼？」

「閱讀過的書太少，和別人比起來少得誇張。」

「既然如此，這或許就是妳的強項。」

進入圖書經銷公司後，和公司同事或書店的人交談時，我總是會因為「自己閱讀過的書太少」而產生自卑感。畢竟不管怎麼說，會進入這業界的人，還是以喜愛閱讀的人居多。

開會的時候也理所當然的，大家都會提到許多書名。大多數我都沒聽說過。可是，當下的氣氛又不適合一直問「我沒聽過，請問那是什麼」。這樣的我，居然可以把「讀過的書數量太少」當作強項？

這是怎麼回事？

由美子女士像是聽見我的心聲，繼續說道：

「這個業界，喜歡書的人很多。可是，放眼整個社會，喜歡書的人還是算少數派。」

「確實。」

「既然如此，就代表理香能夠理解多數派的心情，不是嗎？」

正如她所說。從來沒讀過什麼書的我，就算想假裝自己「喜歡閱讀」也吐不出什麼像樣的意見。可是，「讀過的書比別人少」，代表我能理解不閱讀的人的心情，原來如此。

「由美子女士，謝謝妳。」

「有幫上忙嗎？」

「幫了我大忙，我有一種豁然開朗的感覺，會回去思考書展該怎麼做的。」

說完，我離開了小林書店。

從那天起，我開始到處逛書店。

說來理所當然，閱讀量遠不如人的我，怎麼可能想出什麼有意思的書展主題。我所能做的，只有站在不太閱讀的人這邊，用這邊的心情思考看到怎樣的書展時，自己也會萌生拿書起來看看的念頭。

我想到自己現在正在讀的「百年文庫」。如果不是由美子女士推薦，我絕對不會拿起這些書來看。這麼說起來，比起書籍本身，推薦人或許更重要？

那麼，來自誰的推薦，會令人想拿起書來閱讀呢？

書店店員當然是最理想的人選。可是，就像我從由美子女士身上感受到的那樣，如果顧客不是非常信任這間書店或書店店員，這個說法或許無法成立。

遺憾的是，和顧客之間已經建立起強烈信賴關係的書店及書店店員還是少數。

這樣的話，假設不是來自書店的推薦，而是來自其他顧客的推薦呢？

這麼一想才發現，我們平常其實很常參考其他消費者的意見。吃飯選餐廳時會參考美食部落格，找飯店時會看旅遊網站。沒錯，就連買書的時候也常參考Amazon的讀者評論。比起販賣者的宣傳文案，已經使用過或購買過的顧客意見才最值得參考。

舉辦一個「由顧客向其他顧客推薦書本」的主題書展，或許會很有意思。

由美子女士在銷售出版社的「企劃物」時，拉著其他書店的人一起做。為的是和其他人分享自己獲得的感動。

那麼，我構想的書展，就是拉著其他顧客一起來看書。

選書的人看到自己選的書擺在店面，一定也會很開心。要是有個擺出自己選的書的書展，那位客人為了親眼確認，應該也會到店裡來吧。來了之後，他可能會買下其他書，或是在社群網站上宣傳。

問題是，要怎樣打造出這一連串的推薦系統。

一邊參考中川組長的建議，我整理了給文越堂書店堂島分店的書展企劃。一星期後，自己前往文越堂書店提案。組長說「妳自己想的企劃，就要自己去爭取執行」。

看完企劃書，柳原店長開口說的第一句話是：

「百人文庫？這名稱還真有趣。」

「謝謝。」我克制不住高亢的聲音。

這名稱當然是抄……不、是向「百年文庫」致敬。

「又還不知道內容是否有趣。」

站在店長身邊聽的雅美小姐故意這麼吐嘈。

我不屈不撓地繼續說明：

「這個書展的企劃，是請一百位顧客一人選出一本書，推薦給『平常不太看書的人』。」

「難怪叫百人文庫。不過，為什麼只限定文庫本呢？」

翻著企劃書，柳原店長提出疑問。

「我認為，對平常不太閱讀的人而言，精裝本的門檻太高了。文庫本的價格也比較實惠。」

「原來如此。」

「還有，正因為是顧客推薦的書，即使過去不太看書的人，應該也會想買來看看。選書的客人則會因為在意書展的成果，比過去更關注這間書店的動向。」

「那麼，要怎麼選出這一百位選書人呢？」

「我覺得盡可能找在附近工作的人比較好，這樣顧客看了也會產生親切感。選書人可以在自我介紹的地方寫上自己公司的名字或簡介，公司內外的人說不定都會幫忙宣傳，好奇自己介紹的書賣得如何，選書人自己也會來書店看。」

「原來如此，有趣是有趣，要怎麼召集這一百個選書人呢？」

「我想在店裡貼徵人海報。當然，光是這樣可能召集不到一百個人。所以，還要麻煩店員想想常客中有沒有適合的人選，幫忙問問對方願不願意擔任選書人。」

「要出示真實姓名和個人資料的話，我擔心召集不了這麼多人。」

這的確是這個企劃最大的難關。老實說，我也沒有自信。

「店長，我們來召集看看吧。」

一直沒說話的雅美小姐開口了。

「我覺得請客人來選書是個好點子。我們全體工作人員在結帳時積極詢問的話，應該召集得到一百位吧。不、應該說，要是連這點人都召集不到，平常工作時到底都在幹嘛呢。」

真是火力強大的援軍。

「雅美小姐，謝謝妳。」

「可不是為了大森小姐，也不是為了大販，我是為了我們店才這麼說的喔。」

「既然安西小姐都這麼說了，那就試試看好了。」

「店長，謝謝你。」

「不、該道謝的是我們吧，大森小姐，謝謝妳。」

說著，柳原店長對我伸出手。

我牢牢握住他的手。

就這樣，我第一次提出的企劃「百人文庫」，獲得文越堂書店堂島分店採用，作為促銷書展的主題了。

接下來，我進入過去難以想像的忙碌期。

首先，為了召集「一百位選書人」，著手製作海報和傳單。起初一直召募不到人，後來在雅美小姐和書店員工們的努力下，積極向來書店的常客宣傳，表示願意參加的人一口氣增加，大約三星期就召集到一百位選書人了。

我們請這一百人各推薦一本書，推薦時，必須寫下自己為何推薦這本書的理由。一位一位聯絡是非常瑣碎繁雜的工作。另外，若選書人推薦的書店裡沒有，就還要另外去訂書。

以中川組長為首，大阪的同事們也跳下來幫忙。這是我第一次感受到大阪這間公司的存在有多強大。

話雖如此，包括柳原店長和雅美小姐在內，還是給文越堂書店堂島分店的各位添了很多麻煩。一想到這次的企劃萬一沒有成功怎麼辦，我的胃就痛起來。

籌備到最後一刻的「百人文庫」書展，終於正式起跑。

雖然起跑時很安靜，迴響卻慢慢地大了起來。

彷彿一滴水落在水面，漸漸泛起了一圈又一圈的漣漪。

選書人多半是附近商業區的上班族，他們似乎也在公司內幫忙宣傳了。

選書人還有一位是附近ＦＭ廣播電台的主持人，他在節目裡積極幫忙宣傳。更幸運的是，附近電視台的一位員工是店裡的常客，在他的介紹下，傍晚的地區情報節目來書店採訪，做了專題報導。

之後，又吸引了好幾個其他電台節目和電視新聞前來採訪。

漣漪擴散得愈來愈大。

很多人來店裡買書。不只堂島附近的人，甚至有遠道而來的消費者。每天書店賣場都好熱鬧。

最終，這次的書展大功告成。

忙於書展的我，和上次隔了兩個多月才終於又有時間去小林書店。

「那真是太好了呢。」

聽了我的報告，由美子女士像自己的事一樣為我感到高興。

「這都要歸功於由美子女士，那時提醒了我自己的強項是什麼。」

「妳在說什麼啊，是理香自己想出來的不是嗎？」

「可是，沒有您的提示，我絕對無法做到。」
「那麼，今天來又是想商量什麼？」
「咦？您怎麼會知道我有事想商量？」
「妳都寫在臉上囉。」
「真是的，怎麼可能嘛。」
「是不是又被丟了什麼新的功課？」
「好厲害，就是這樣沒錯。」
「所以是什麼？」
「這次說想辦活動。」
「活動？」
「百人文庫的書展順利完成，接下來好像想舉辦個具有話題性的活動。」
「妳備受期待呢。」
「可是，上次只是運氣好。活動什麼的，我實在沒有把握。」
「我也辦過大型活動喔。」

「我就知道一定有，可以說說當時的事給我聽嗎？」

「這話說來又會很長了喔。」

「我已經做好心理準備才來的。」

我在椅子上坐下，專心傾聽由美子女士說話。

小故事④　鎌田實醫師的演講

那是二〇一三年五月還六月的事了吧。

我去了東京的某間出版社，

當時的社長這麼對我說：

「小林小姐，妳來得正好。

等一下鎌田實醫師會來喔，我幫你們介紹一下。」

聽說他是為了新書來拍照的。

我真是嚇了一跳。

因為，我是醫師作家鎌田實先生的忠實書迷。

說到鎌田醫師，最有名的就是《不加油》這本書，但我最喜歡的是在那之後不久出的繪本《雪與鳳梨》。

雖說是繪本，內容卻是實際發生過的事。

書中描繪鎌田醫師參加車諾比核災救援活動時，

與在當地認識的白血病青年及來自日本的年輕護理師之間的交流故事。

這本書真的是一本好書！

所以，這本書在小林書店裡從來沒有斷貨過，

也因為太希望學校裡的孩子與老師看到這本書，

甚至在沒有人介紹的狀況下，我自己跑去學校推銷。

得知能見到作者本人，我簡直太興奮了。

不到五分鐘，鎌田醫師就來了，

我把這事告訴他後，他也非常開心。

他說：「大家最常提到的還是《不加油》，很少人這麼喜歡《雪與鳳梨》。可是，

那本書的內容才是我的一生志業，聽妳這麼說我真的很高興」。

於是我也說：「那我再努力銷售一次」。

回到尼崎後，再次跟出版社訂了二十本《雪與鳳梨》。

大概過了一星期左右吧，

介紹鎌田醫師給我的那位出版社社長打了電話來。

「小林小姐，大事不妙啦。

鎌田醫師說想去小林書店演講。」

因為醫師正好出新書，原本就預計要在東京和大阪舉行演講。

大阪原本只計畫在紀尾井屋書店梅田總店舉行，

但聽出版社的人說，

鎌田醫師表示無論如何都想在小林書店也辦一場。

我真的是嚇到了。

因為，我從來沒辦過演講啊。

不知道該怎麼辦才好，

忍不住就問對方：「怎麼辦？」

結果，那位社長就說「還能怎麼辦，只能辦了啊」。

而且，連日期都已經決定好了。

聽到那個日期，我又是一陣天旋地轉。

十月的第一個星期天。

那正好是舉行尼崎市民祭的日子呀。

每年的這天，我都會去市公所舉辦的跳蚤市場賣傘。

這是一年一度的盛事，尼崎的大人物都會來，傘也賣得特別好。

所以，我就跟社長說「那天我要去賣傘耶」。

結果馬上被駁回：

「傘誰去賣都行，總之小林小姐

請快點把鎌田醫師演講的場地預訂起來吧。」

的確，就算「賣傘」這件事有辦法解決，

鎌田醫師的演講也最少得預訂一個容納得下一百人的會場。

我立刻詢問了公民館和福祉會館等公共講演廳的檔期，

畢竟是星期天，又是市民祭的日子，到處都被訂走，

只剩下阿爾凱克飯店還訂得到演講廳了。

小林書店主辦的演講，地點卻在大飯店，似乎太打腫臉充胖子了，

所以我就找了出版社商量，結果對方說：

「現在不是說這種話的時候，

場地費我們出，妳快訂下來吧。」

於是，我立刻就預訂了場地。

訂了足以容納一百人的場地後，

接著是思考如何聚集聽眾。

我聽說，書店主辦的演講，不管來的人多有名，

要聚集一百個聽眾仍是相當困難。

這話不能大聲張揚，但是據說有時還得靠出版社或經銷商的員工偷偷到場撐場面

呢。

連紀尾井屋書店都不容易做到的事，小林書店或許更難。

出版社大概這麼擔心吧，就來跟我說：

「我們買了報紙廣告宣傳這次的演講，把紀尾井屋書店和小林書店並列在版面上。」

當然，對方是體恤我們才這麼做，

我心裡卻很不爽。

因為，靠廣告才能吸引聽眾太沒意思了。

我們小林書店可不是隨隨便便就在立花商店街開了六十年的喔，

就算不靠報紙廣告的力量，自己也能號召到聽眾。

我這麼想，開始一家一家拜訪常客和商店街裡的人們，

跟大家說「小林書店下次要請鎌田醫師來演講」。

講座的參加費用是一千五百圓，包括入場費和一本書。

出版社希望小林書店和紀尾井屋書店能統一費用，

但站在我的立場，因為書的價格才八百圓，
總覺得收這麼多對顧客有些過意不去，
沒想到卻有人反過來感謝我。
甚至有人流著眼淚說：
「太開心了，謝謝妳製造了這個機會。」
結果，廣告都還沒刊登，一百個名額就滿了。
我心想，太好了。
然後，就在刊出廣告的那天傍晚，
出版社打了電話來。
「小林小姐，看了廣告後，有十七位聽眾報名。」
啊、對喔，我擅自在那高興已經號召到一百人，
卻忘了通知出版社名額已經滿了。
所以，我就跟對方說「場地已經滿了，後面還有人報名的話請幫忙拒絕」。
可是，聽說那時紀尾井屋書店離一百人滿額還有一段距離，

根據合約還會再刊登兩次廣告。

怎麼辦好呢？

最後，只好在廣告上小林書店的部分標示「感謝支持，名額全滿」。

很帥吧。

傲視天下的紀尾井屋書店還號召不到一百人，

我這個不到十坪的小書店就已經額滿了，很帥吧。

當然啦，人家紀尾井屋書店想必根本不在乎。

結果，後來陸續又有人說想參加，

一百個人的演講廳真的塞不下，只好改成能容納一百五十人的會場。

然後，就這樣到了演講當天。

賣傘的攤位那邊，除了我女兒外，大阪也派了員工去幫忙。

原本只有我先生和女兒顧攤，我還有點擔心，

中川先生卻跟我說：

「其實我們也想去聽演講，

但是演講那邊交給椎名部長去，

我們幾個年輕人就來幫忙賣傘。」

演講從中午開始舉行，

早上六點，我和先生先把傘運送到市民祭的會場，

在跳蚤市場攤位上把商品擺好之後，

十點左右大家來跟我交接。

我則換了衣服，前往鎌田醫師的演講會場。

來的聽眾都是我認識的人，氣氛很融洽，

鎌田醫師一定也感受到了吧。

「過去我的演講都是大型書店舉辦的，

可是現在我終於知道，其實自己一直想在這樣的書店舉辦。」

他這麼說。
鎌田醫師開心，
聽眾也很開心，
當然我也很開心，真是太圓滿了。
演講結束後，鎌田醫師必須馬上趕往另一個地方，
匆匆朝出口走去時，
我一邊說著「只是一點小心意」，一邊把講酬交給他。
要是一般演講，他的講酬一定很高，
所以事前我還詢問了出版社意見。
結果他們說：
「他一定不會收的啦，
心意有到就好。」
可是，場地費也是出版社出的，

我還收了一千五百圓的入場費，
所以就把扣除書錢後的收入全額當成講酬，交給鎌田醫師。
醫師一開始也是不收，
但人都站在飯店出口了，
又趕著離開，後來姑且還是收下了。
就這樣，演講結束後，
我因為在意市民祭上的傘賣得如何，又趕了過去。
大家真的很努力地銷售了。
當然囉，比我自己顧攤時賣得還少啦，
可是，已經超乎我的想像了。
回到店裡，我跟大家道謝，
大販的大家還送我花束，恭喜演講舉辦成功。
明明是我受到他們的幫助，
大家卻說「小林女士，太好了呢」。

每個人都又溫柔又善良。

就這樣，狂風暴雨般的一天總算結束，

總之事情都很順利，真的是可喜可賀。

到了隔天，出版社的業務窗口來找我。

一邊說「這是鎌田醫師要我交給您的」，

一邊拿出了一個信封。

我問：「為什麼？」

對方就說：

「醫師說，是他自己要求舉行演講的，

不能收下這個，所以要我拿來還。」

他好像也有跟醫師說「我拿回去會被小林小姐罵」，

但鎌田醫師堅持「不能收下」，他只好幫忙轉交。

這麼一來，我硬要再還回去也不是辦法，只好心懷感恩收下。

話雖如此，總覺得不能把這錢收進自己口袋，

想了又想，我決定捐給JIM-NET。

JIM-NET是波斯灣戰爭後，

在癌症及白血病患遽增的伊拉克進行醫療支援的團體，

鎌田醫師正是這個團體的負責人。

我認為可以這麼做，就把原本的講酬全部捐出去了。

在紀尾井屋書店梅田總店舉行的演講比我們晚一個星期，

這次我就以聽眾身分去聽。

自己付了一千五百圓的入場費喔。

演講結束後，我去排隊簽名，和鎌田醫師見到了面。

他很驚訝地問：「妳怎麼會在這裡？」

我說：「今天是來好好聽演講的啊。」

「上次離開得匆匆忙忙的，真是不好意思。」

「醫師，謝謝您歸還講酬。」

「不不不，我不能收下那個。」

「我也不能收下，所以全額捐給醫師的JIM-NET了。」

「喔，妳這麼做還真帥氣。」醫師對我說。

我高興起來，覺得自己真是做對了。

由美子女士說完後，笑得真的很開心。

「鎌田醫師很帥吧。」

「是啊，由美子女士也很帥。」

「對吧？我自己那時也覺得自己真是太帥了呢。」

能像這樣坦率稱讚自己的由美子女士好可愛。

「一定成為很棒的回憶了吧？」

我這麼一說，由美子女士就露出有點羞赧的表情。

「是啊，正因為是很棒的回憶，一有什麼事就忍不住想跟人家說。或許跟理香想辦的活動完全不一樣也說不定。」

「不，很值得參考。」

「真的嗎？」

「對啊。儘管我還沒有能力舉辦那麼大型的活動，但我也想舉辦一個往後會忍不住與人分享的帥氣活動。」

「那很好，到時請務必讓我聽聽理香的英勇事蹟，我很期待喔！」

離開小林書店，我坐在車站前的咖啡廳裡，思考文越堂書店堂島分店的活動企劃。由美子女士的活動，為什麼有那麼多人想去參加？

當然，鎌田醫師的演講內容一定很有魅力，才會吸引聽眾參加。但是，不光只是這樣。否則，看到紀尾井屋書店梅田總店廣告的人，肯定是小林書店的幾千、幾萬倍，卻號召不到同樣那麼多的人。

我想，是由美子女士的熱情打動了許多人的心。

這麼說來，對我的企劃來說，有沒有熱情將會是很重要的一點。

那麼，該如何為企劃注入「熱情」呢？

舉行「百人文庫書展」時，是因為許多人無論如何都希望大家閱讀自己推薦的書，賣場才會充滿了熱情。既然如此，這次的活動是否也可以用一樣的方式思考？

打造一個讓想推薦書的人「盡情談論自己推薦的書有多好」的舞台。

對了，以前我曾看過一個電視節目，讓喜歡閱讀的明星以書店為背景，推薦自己想推廣的書。當時，節目上被介紹到的幾本書都因此帶動了買氣。甚至有一本原本幾乎已無庫存的書，因為節目的關係再版，重新回到書店，後來更成為暢銷書。

為什麼那些書能如此暢銷？

如果明星在節目上宣傳的是自己寫的書，迴響一定沒有這麼熱烈。正因其中毫無利害關係，單純只是覺得有趣才推薦，希望大家都能看到這本書，才會造成那麼熱烈的迴響吧。

我向文越堂書店堂島分店提案的活動也一樣，推薦書的人盡可能和書本身毫無利害關係比較好。為了避免活動顯得太順理成章，最好不要把推薦人預定推薦的書事先放在店內的書架上。等推薦人推薦之後，店員再去店裡找。

「只剩下一本了。」

「那麼，有人想買這本書嗎？」

「我！」三個人同時舉手。

「只好請三位猜拳了。」

類似這樣的對話，一定能為活動帶來熱情。

在熱烈的氣氛推波助瀾下，人們就會產生想買書的心情。

「『我推的書座談會』啊，好像很有趣。」

看了企劃書，在文越堂書店堂島分店打工的店員雅美小姐顯得興致勃勃。

原本默不吭聲的柳原店長開了口：

「這個跟『書籍辯論賽』有什麼不一樣？」

「書籍辯論賽」是二〇〇七年京都大學情報學研究科共生系統論研究室的谷口忠大想出的活動，又稱「知性書評競賽」，全國各地的書店都曾實施過。

根據書籍辯論賽官方網站的記載，辯論賽的官方規則如下：

1 參加發表的人各自帶來自己認為有趣的書。

2 輪流介紹自己帶來的書，時間是每人五分鐘。

3 每個人發表完後，全體參加者一起進行關於發表內容的討論，時間約兩到三分鐘。

4 所有發表結束後，以「最想讀的是哪本書」為基準進行投票。一人一票。得票數最多的即為「冠軍作品」。

我事前把企劃書拿給中川組長看的時候，他也問了相同問題，所以我已經準備好答案。

「『書籍辯論賽』可以說是一種競賽。比的是在五分鐘內表達自己推薦的書多有趣的表達能力。比方說，像我這種嘴笨的人就不適合那種方式，難度太高了。可是，『我推的書座談會』和口才無關。只要推薦自己喜歡的書就行了。無須競爭，也不用選出『冠軍作品』。可以說是一場『不用戰鬥的座談活動』。」

「原來如此，可是這樣的話，要怎麼炒熱氣氛呢？」

柳原店長語帶不安，像是為了消除他的不安，雅美小姐上場救援：

「沒問題的，我覺得這個企劃帶得動氣氛，畢竟連我聽了都想上場推薦了。」

「請務必上場。這是一個希望書店店員積極參加的企劃。」

「太棒了！」

「可是，如果推薦的書店裡沒有庫存，對營業額不就沒幫助了嗎？」

「就是那樣才好玩啊！」

柳原店長的擔憂，被我和雅美小姐同時推翻。我們兩人忍不住相視而笑。

「店長，別擔心啦，我一定會推薦店裡有庫存的書。」

雅美小姐最後又推了一把，柳原店長才嘟囔著點頭：

「既然妳們兩人都這麼說了，那就試試看吧。」

過完年的一月下旬，文越堂書店堂島分店舉行了值得紀念的首次「我推的書座談會」活動。

推書的座談會成員，請來之前參加了「百人文庫」的電台主持人，以及在雅美小姐介紹下，特地從大阪前來的喜歡閱讀的搞笑藝人，再加上我們雅美小姐，總共三位座談會成員。

活動限定八十位參加者，把空間塞得滿滿的，氣氛比想像中還熱烈。

我扮演的是座談會成員提出推薦的書後，到店裡找出那本書來的角色。

當然，光靠我的能力無法一下就找到書，還是得詢問負責那類書的店員。這時，中川組長也會提供協助。

電台主持人推薦的是一本超過三千圓的學術書，店裡奇蹟似的只有一本。我一邊說著「只有一本」，一邊把書送到活動場上，雅美小姐立刻說：

「有人想買這本嗎？」

結果，有三個人舉手。

「請猜拳決定吧。」

雅美小姐這麼一說，那三個人真的猜拳了。

眼前出現了跟我原本想像一模一樣的情景。

這種揪心的感覺真是難以言喻。

猜拳贏了的那位高興地接過書，另外兩位則一臉不甘心。竟然能在書店裡看到這樣的一幕，令人難以置信。

就這樣，「我推的書座談會」順利結束。

活動中的銷售量，是一般作者座談會的兩倍以上。

最令人開心的是，參加者全都異口同聲表示「很有趣」。結束之後，雅美小姐興奮地拉著我的手說「我當書店店員到現在，今天是最有意思的一天，謝謝妳」。

能聽到從學生時代就在書店工作，打從內心熱愛閱讀的雅美小姐這麼說，我真是……

差點忍不住哭出來，趕緊強忍淚水衝進廁所。

回公司路上，中川組長彷彿自言自語似地說：

「太好了，大家真的都很開心。」

椎名部長也有偷偷來看，只對中川組長說了一句「很好」就回去了。後來，「我推的書座談會」成為文越堂書店堂島分店的定期活動，每兩個月就會舉行一次。

我去向小林書店的由美子女士報告活動成功的事，她開心得像自己辦的活動一樣。

「太好了，理香，這下妳贏過Amazon了。」

我不懂這句話的意思，由美子女士又接著說：

「難道不是嗎？不管Amazon怎麼推薦『您可能感興趣的書』，當中也無法產生這樣的熱情。那種熱情，只有人們實際上共聚一堂時才會產生。」

確實如此。

「那本超過三千圓的書，其實客人也未必非當場買不可，大可回家後再上Amazon訂購不是嗎？可是，正因身處那麼熱情的現場，那三位客人才無論如何都想當場買下那本書，妳說是吧？」

原來如此。

「換句話說，就是理香贏過了Amazon。」

「不、我沒有贏過什麼啦。」

「我也曾贏過Amazon喔，這件事跟妳說過嗎？」

「不、我想應該還沒聽過，請務必讓我聽一聽。」

小故事⑤ 贏過Amazon的故事

做生意啊，重要的是持續的忍耐。

不管面對怎樣的客人，都要禮貌應對。

萬一賣出瑕疵品，也要誠實面對和解決。

還有就是不能說謊。

這些說起來，都是再理所當然也不過的事，

但是，唯有把這些都做到了，

才能獲得顧客的信賴。

這個呢，不管賣書還是賣傘都一樣。

對了，我是要講贏過Amazon的事啦。

在我賣傘的攤位前面，有一個保險推銷的攤位。

攤位上總會有四、五位女性員工。

我們經常互相寒暄，

像是「早安」、「好熱喔」、「好冷喔」之類的。

雖然我只有星期天去擺攤，

慢慢地，跟大家也熟絡起來，偶爾會聊聊天。

她們的年紀跟我女兒差不多大，

大家都結婚了，

找我聊天的感覺，可能很像在跟媽媽說話吧。

會抱怨老公小孩啦，或是天南地北地閒聊。

其中有個女生跟我特別好。

她是個業務高手喔。

某年一月，

新年剛過完，第一次去擺攤賣傘時，

彼此互道「新年快樂」後，

她忽然跟我說：

「我擅自跟我們老闆說，

沒道理一定要在Amazon上買書吧。

擅自說了這種話，有沒有關係？」

咦？什麼意思？我聽得一頭霧水。

原來啊，她們公司老闆是個喜歡閱讀的人，

常常自掏腰包買書送給簽訂保單的客戶。

可是，他嫌去書店麻煩，

乾脆直接在Amazon上面買。

原本也沒人覺得這有什麼問題，

事實上，我在那群女生面前也一直都只是個「賣傘的阿姨」。

只是，前一年的年底，我上了電視。

一個叫《BE-BOP!HIGH HEELE》的關西當地節目，

節目中報導了小林書店的故事。

她這才知道，原來賣傘的阿姨本行是開書店的。

她似乎在跟老闆說話時，不經意想起了我的事。

所以才會跟老闆說那句：

「沒道理一定要在Amazon上買書吧。」

社長回答「是沒有一定要在Amazon上買啊」，

她就緊接著說：

「這樣的話，要不要跟我們攤位前面那個賣傘的書店阿姨買書？

她每個星期天都會來，

只要事先跟她訂，再請她帶來就好。

如果不是急著要也不是非在Amazon上買不可的話，

我們應該跟書店買書才對。」

這次輪到我吃驚了。

「欸？妳幫我說了那種話啊？」

「沒先跟小林小姐商量就擅自說了這種話。

真的沒關係嗎？」

「當然沒關係啊，我才要謝謝妳呢。」

就這樣，她的老闆開始跟我訂書了。

像是岩波出的一本要價一千八的書，他一口氣訂十本。

真的很感謝。

這個女生自己也是愛看書的人，

也會跟我說「請幫我介紹好書」。

我就介紹了各種書給她。

其中有一本《十二個贈禮》，

她非常喜歡。

那是一本繪本，內容講述神明送給人類的十二樣東西。

像是愛啦、力量啦、溫柔體貼……等等。

內容就在一一說明這些來自神明的禮物。

在認識的人結婚、生小孩或是慶祝就職時，
都很適合送這本書給對方。
這也是我在店裡經常推薦給客人的繪本，
她看了似乎特別有感觸，
還推薦給她們老闆，
老闆就來跟我訂了很多本。
原本一直在Amazon上買書的老闆，
就這樣變成了小林書店的顧客。
換句話說，小林書店「贏了Amaozn」。
很厲害吧？
雖然對Amazon來說根本不算什麼就是了。
即使如此，我還是很開心啊。
只要腳踏實地做生意，也能獲得這樣的禮物。
那時，正好不久後就是尼崎書店工會的春酒，參加的人都要輪流發表感言。
大家說的都是景氣不好怎樣怎樣的，
像是「連新年假期都沒什麼生意」、「年底生意也不好」之類的。
氣氛真是太陰沉啦。
輪到我的時候，
我乾脆就說了「贏過Amazon」的事。
結果大家聽得很振奮。
紛紛表示「真是一段佳話」、「那我們也得努力一下才行了」。

說完之後，由美子女士望向我，像是在問「如何？」

「能贏過Amazon真的太厲害了。」

「當然啦，說什麼贏過是開玩笑的啦，只是，不抱著這種程度的心情工作就太無趣了嘛。」

「真的如您所說。」

「所以理香也是啊，下次再跟誰說明『我推的書座談會』時，一定要好好把『我曾贏過Amazon』說出來才行。」

「知道了，我會努力的。」

一邊這麼回答，一邊暗自心想，我大概還要再過十年才會有這麼說的勇氣吧。

話雖如此，「我推的書座談會」的成功，讓我萌生了一點自信，這也是不爭的事實。

儘管工作忙碌，每天都過得很充實。發呆的時間減少了，利用空檔看書的時間增加了。這是因為，想看的書也增加了。「我推的書座談會」上大家推薦的書我都忍不住想看。現在社會上流行的話題暢銷書，也想一一找來看。

過年期間回了一趟東京，發現自己反而很想快點回大阪，真是不可思議。春天即將來臨，我來大阪就要滿一年了。

利用通勤時間讀的「百年文庫」系列，這麼一點一點地讀著，也讀到第十四集了。這本的主題是「書」。收錄的三篇作品分別是島木健作的〈煙〉、烏扎內的〈西吉斯蒙的遺產〉和佐藤春夫的〈歸去來〉。

三篇作品都是描寫愛「書」的人，被書的魔力耍得團團轉的故事。要是幾個月前，我一定無法從這些作品中獲得共鳴，現在卻覺得似乎稍微能理解了。雖然只是稍微而已啦。

我還興起了參加「讀書會」的念頭。

因為很想跟人談論讀過的書的內容。

也想聽聽別人推薦哪些書。

於是，我悄悄報名參加了一個名叫「犬村俱樂部」的讀書會。這是在網路上找到的，似乎是沒有經驗的人也能放心參加的讀書會。

星期天下午，抵達會場後，我感到相當意外。

在一間頗時髦的簡餐咖啡廳裡，來了超乎我想像的人。

粗估大概有一百人左右吧？在這個幾十年來不斷被說「人們已遠離活字」，擔心人們再也不閱讀的時代，沒想到星期天下午會有這麼多人願意支付三千圓的會費，特地來這裡參加讀書會，真教人不敢相信。

參加者幾乎都是二、三十歲的人，偶爾有一些年長者。大家打扮得很有品味，看上去都是具備常識的社會人士。

因為是喜愛閱讀者的聚會，原本我還以為會有更多感覺陰沉的人，看來完全是我的偏見。當然，也不能以貌取人就是了。

一張桌子坐五個人，胸前各自別著名牌。名牌上寫的是希望大家稱呼自己的方式（綽號）。

我用了「貝塚」這個名字。小學上社會課時，教到繩文時代遺跡「大森貝塚」，男生們就開始鬧著玩的叫我「貝塚」。當然是因為我姓大森的關係。

用本名理香感覺好像會被人看輕，這種有點正式的名字剛剛好。

每一桌都有一位主持人，為的是讓第一次參加的人也能輕鬆加入對話。在主持人帶領下，大家先做自我介紹。當然，我沒把自己在大阪工作的事說出來。

之後，就依序聊聊自己最近讀過覺得有趣或想推薦的書。

我介紹了《驚世日本女子》這本書。

這是一本散文，作者原田有彩以輕鬆隨性的筆觸，寫下對日本傳說故事中特立獨行女子的考察。書中收錄的包括乙姬、輝夜姬、愛蟲公主、伊邪那美命、數盤子的阿菊……等。

《浦島太郎》故事中的乙姬，將龍宮寶盒交給浦島太郎時，不但沒告訴他「打開後就會一口氣變老幾百歲」，還故意說「千萬不能打開」，簡直就像在引誘浦島太郎打開。

《竹取物語》中的輝夜姬，要求向她求婚的人送上絕對不可能找到的禮物。

《古事記》中的伊邪那美命，在丈夫為了見自己而來到黃泉國度時，只因為被看到自己腐爛的樣子就襲擊對方。

這麼說起來，她們確實在各種層面上都挺「驚世駭俗」的。

可是，原田有彩也說，她們每個人都有自己的苦衷。最重要的是，作者文筆絕妙，讀來詼諧有趣。

我在緊張中與同桌的大家分享了這本書，拚了老命似的介紹。

聽到大家說「好像很有趣」時，我真的好高興。

自己推薦的書獲得這樣的回饋，對我而言還是第一次的體驗。

在「我推的書座談會」上，每個上台的人都說「很有意思」，現在我終於能理解那個心情了。

聚集在這裡的人，基本上都是熱愛閱讀的人，多半也對不同領域的書感興趣。沒有人會去反駁別人的意見，是個待在裡面非常舒適的空間。

和我同桌的人當中，有個別著「TAKERU」名牌，看上去大概二十五歲左右的男生，對我介紹的書表現得最好奇。只見他拿起《驚世日本女子》翻閱了一會兒，先是喃喃自語地說「這本書真的好有意思啊」，又一臉認真地問我：

「貝塚小姐，您自己也是驚世女子嗎？」

「不、我……我雖然嚮往驚世女子，但我自己做不到。」

「妳會嚮往喔？」

「對。」

我也忍不住認真地回答了。

看著我的表情，他突然笑出來。

一笑就皺起整張臉的他，不知為何給我一種懷念的感覺。但我一點也想不出到底為什麼。

TAKERU介紹的是一本叫《美麗的古墳》的書。

原本一直用禮貌語氣說話的他，一提到古墳就變成關西腔，表情也完全不同。總之就是充滿了熱情。這是喜歡書的人在談及自己喜歡的書時共通的表情。

「我推的書座談會」也是如此，人在說到自己喜歡的東西時，就會露出這種活力十足、極具魅力的表情。

《美麗的古墳》有個副標題是「白洲塾長為您上一堂世界上最毒舌的課」。作者的祖父母是鼎鼎大名的白洲次郎、正子夫妻，這本書以對談的形式，由作者向喜愛古代史的女性自由撰稿人傳授全國的古墳魅力。聽說是對古墳觀光行程有興趣的人最適合一讀的入門書。我原本對古墳是連一絲興趣都沒有，但TAKERU的介紹卻很引人入勝。

讀書會結束後，繼續在同個會場舉行站著吃自助餐的交流會。

我鼓起勇氣找TAKERU交談。

「請問，是什麼讓你開始對古墳感興趣的呢？」

TAKERU想了想後說：

「為什麼喔……？小學教科書上不是有前方後圓墳嗎？我被那個形狀吸引了。」

前方後圓墳，沒記錯的話，是教科書上那種形狀像鑰匙孔一樣的古墳。

「貝塚小姐，請想像一下。那個時代的人，怎麼會想到要建造這種形狀奇特的墳墓呢？當時又沒有空拍機，無法從上方俯瞰耶。可是，全國各地卻都有同樣形狀的古墳。北起岩手縣，南至鹿兒島都有。我猜應該源自奈良，之後普及全國的吧。妳不覺得這是很厲害的一件事嗎？」

嗯、很厲害……嗎。

「而且喔，明明當時全國各地掀起了一股興建古墳的熱潮，日本人卻在某一時代後就完全不建造古墳了。妳不會對這種現象感到好奇嗎？」

大概只有一公釐左右的好奇吧。

「追根究柢，我對前方後圓墳這個名字也挺有意見的。說是前方後圓，可是很奇怪啊，怎麼看都是前圓後方吧？」

確實如他所說。

「其實我是東京出生、東京長大的人，一年前才因為工作關係調派來大阪的喔。老實說，起初我還有點討厭大阪呢。這裡沒有朋友，又跟不上大阪人的步調。」

欸？是這樣喔？

「可是有一次，我突然想到，說到大阪不就是古墳的聖地嗎？全國古墳排行榜中，前三名都被大阪獨占鰲頭，甚至前十名裡就有六處是大阪的古墳。所以，我就想說趁自己還在大阪的時候，多去參觀一些古墳好了。這才想起自己小學時就對古墳感興趣，之後更是一頭栽了下去。連帶的，也愈來愈喜歡大阪這個地方。」

「剛才聽你用關西腔說話，還以為你是關西人呢。」

「我這是假關西腔啦。原本是想說，看能不能趁著在大阪的時候成為雙語人士，就努力學著說了。可是，當地人一聽就聽得出來，還會笑我說『很噁心，不要這樣』。」

「這樣啊。」

「貝塚小姐會這麼問，表示妳也不是關西人囉？」

「對啊，我也是在東京出生長大，一年前才到大阪來工作。」

「妳是東京哪裡人？」

「駒澤公園附近。」

「啊、我是櫻新町那邊。」

瞬間，TAKERU用平輩的語氣跟我說話。

「咦，很近耶。」

這真是太巧了，我差點發出驚呼，只能強裝冷靜。

「高中的時候，我也常去駒澤公園打籃球。」

「這樣啊。」

「從國道二四六號往駒澤通的那條吞川沿岸不是開了很多櫻花嗎？我很喜歡那

裡。」

「那邊的櫻花真的很棒，是我在東京最喜歡的櫻花。」

「我也是，目黑川的人就太多了。」

「看來我們很合得來。」我差點這麼說，臨時把這句話吞回去。

過了一會兒，TAKERU說：

「可是今年，我也想在大阪找尋有美麗櫻花盛開的場所。」

「這樣啊，那我也來找找。」

「喔、我有個好主意。」

「什麼？」

「我們來互相推薦大阪漂亮的賞櫻景點吧？我找到好地方會告訴妳，貝塚小姐也把自己找到的景點告訴我。」

「不錯耶。」

我們就這樣交換了LINE帳號。

「妳叫大森理香啊。啊、難怪取了貝塚的綽號。大森貝塚對吧，好好笑。」

TAKERU的本名叫藤澤健。TAKERU就是健的讀音。

「現在妳對古墳比較有興趣了嗎？」

「嗯……還說不上是有興趣吧。」

「說得也是啦。不過，難得都到大阪來了，在這裡的期間絕對去參觀一下比較好喔。有這麼多巨大古墳聚集的地方也只有大阪了嘛。說不定過幾年就會成為世界遺產。」

「既然你都這麼說了，那我就去參觀一次好了。」

「喔、那我可以幫妳帶路喔，一起去吧！」

我沒勇氣拒絕這順水推舟的結果，更何況，我也想知道更多TAKERU的事。

下個星期天，我們約在南海電鐵難波車站碰面。

TAKERU說，首先還是該從世界第一大的古墳開始參觀。這個古墳有好幾個名字，一般稱之為仁德天皇陵古墳，宮內廳則稱它是百舌鳥耳原中陵。然後，它還有個學術上的名稱叫做大山古墳，也稱大仙陵古墳。

離大山古墳最近的車站是三國丘站，從難波搭高野線過去，大概要搭二十分鐘。抵達約好的碰面地點時，他已經到了。

看到我，他就露出微笑。

在讀書會上看到他的笑容時，我曾感到懷念。現在終於想起來了，原來他的笑容，和我小學五年級時喜歡的男生有點像。

搭上電車後，TAKERU用有點嚴肅的表情說：

「有件事得先跟貝塚小姐道歉。」

他仍是一口假關西腔，老老實實地用讀書會上取的綽號稱呼我。

「其實啊，古墳就算去參觀了，也不太有趣。」

咦？什麼意思？我陷入混亂。

「不是啦，就我看來當然還是非常有意思喔。光是在古墳周圍散步就得以刺激想像力，腦中湧出各種想像。話雖如此，一般人看來可能一點也不有趣吧。在宮內廳的管理下，古墳也不能進去，頂多只能隔著壕溝看到另一頭被茂密森林覆蓋的島狀物。沿著外圍不管走多久，景色也沒太大不同。」

喔，原來是這樣啊。

「跟女生第一次的約會，普通人不會約人家去什麼古墳吧？」

欸？約會？這是約會嗎？

「可是我總覺得，如果是貝塚小姐應該能懂。面對不管怎麼看都無趣的風景，妳也能在腦中變換成有趣的景色，我覺得妳是這樣的女孩。」

這是在稱讚我嗎？

好像太抬舉我了吧。

「你怎麼會這樣認為？」

「因為貝塚小姐妳看很多書，選的書也很有意思，我也不知道為什麼，就是有這種感覺。」

一年前幾乎完全不看書的我，沒想到會獲得這種評語。

我為了轉換話題，就丟出一個疑問：

「為什麼會有那麼多人參加犬村俱樂部啊？」

「大概是因為，不管在學校或公司，大家都找不到其他人談論書的事吧。現在這個時代，閱讀已經成為相當小眾的嗜好了。」

原來如此。不過，他說得確實沒錯。在圖書經銷公司工作的我感覺五味雜陳。

「貝塚小姐又是為什麼去參加呢？」

「其實……你知道圖書經銷嗎？」

「圖書經銷？」

即使是喜歡看書的人，果然也沒聽過呢。於是我簡單說明了書籍是如何在市場上流通的。

「這麼說來，妳參加讀書會是為了做市場調查嗎？」

「也不是因為那樣，我單純只是對讀書會感興趣，想知道那是怎樣的地方。」

「犬村俱樂部啊，原本是一位不動產公司老闆創立的喔。起初只是三個人的讀書會，現在已經有好幾千個會員，不只大阪，聽說在神戶和京都也會舉行。」

「好厲害喔。」

「可是說實在的，這種事應該由出版業界來做才對吧？至於是書店、出版社還是圖書經銷來做比較好，那我就不清楚了。」

確實如他所說。

假設閱讀已經成為小眾的嗜好，為這些有冷門喜好的人提供一個能讓彼此談論書本內容的地方，應該是出版業界的職責。

我打算下次去向文越堂書店堂島分店提議舉辦讀書會。

在三國丘站下了車後，大山古墳就在車站旁，我們沿著古墳外圍散步。不愧是世界最大的古墳，光是繞外圍走一圈就要花上一個半小時左右。正如TAKERU說的，沒什麼值得一提的景色，只看得到壕溝另一端樹林覆蓋的小山。古墳對面則是普通的住宅區。

然而，對我來說，這次的散步卻是人生至今最快樂的一個半小時。

不管怎麼聊都有說不完的話題。從小時候開始聊，聊到來大阪後最震驚的事，也聊最近看的有趣的書和彼此工作上的事。

這天，我知道了TAKERU從事的是撰寫文案的工作。根據他自己的說法，是一間還算大但也沒那麼大的廣告公司，而他現在任職於關西分公司。意外的發現是，他的職場離堂島很近，文越堂書店堂島分店舉辦「百人文庫」活動時他也來過，還買了幾本書。聽到我企劃了「我推的書座談會」的事，他露出不甘心的表情說「我原本想去的！只是那天無論如何都有工作走不開」。

除了聊這些外，TAKERU還不時熱切地為我介紹古墳。

一個半小時轉眼就過。

「抱歉吶，古墳是不是很無聊？」

「的確是有點無聊，但超有趣的。」

我老實地回答。不知何時我也說起了假關西腔。

「真的嗎？那還真是開心啊。這樣的話，接下來我帶妳去更棒的地方。」

「更棒的地方？」

「一個能知道我們到底走了多少路的地方。」

我不明就裡的跟著他去了堺市公所。

即使是星期天，二十一樓的瞭望台也免費開放。

站在瞭望台上，整個堺的風景一覽無遺。眼前那座綠色的小山就是大山古墳了。

比我想像中還大，我們居然繞了那外圍一圈，太厲害了吧。

「如果這裡有東京鐵塔，從更高的地方往下看，連古墳那鑰匙孔的形狀都能看得一清二楚了。」

看到TAKERU像小孩一樣懊惱，我忍不住用關西腔吐嘈：

「就算這裡有鐵塔也不會叫東京鐵塔，應該要叫堺鐵塔吧。」

「真的耶。」

TAKERU看著我微笑。

那之後，我們每個星期天都見面。

幾週後的星期天傍晚，我和阿健一起去了神戶的Sunshine Wharf。

由美子女士每個星期天賣傘的地方。

這天，我們兩人先去苦樂園看即將凋謝的櫻花。苦樂園和近鄰的蘆屋同為關西數一數二的高級住宅區。夙川旁的步道是人潮眾多的賞櫻聖地，但我們聽說只要往上游方向走到苦樂園這邊人就變少了，是不太為人所知的祕密賞櫻景點。

我不經意地聊到由美子女士，阿健就說想見見她。
我自己也是第一次去由美子女士賣傘的地方。
轉乘公車，朝海的方向往下直直走，意外地很快就到了。雖然要把阿健介紹給她有點害羞，但也不失為一個好機會。
到了那邊，由美子女士正準備收攤。
「咦？怎麼來了？」
由美子女士看到我們，露出驚訝的表情。
我告訴她剛才去了夙川的事，並為她介紹阿健。
「久仰大名，我是藤澤健。」
「理香承蒙您照顧了。」
我將與阿健相識的過程說給由美子女士聽。
「是喔，讀書會呀。原來是書本牽起了你們的緣分，真是太好了。難怪理香最近變漂亮了呢。和歌中有『即使極力隱藏，戀情還是寫在了臉上』的句子，妳現在就像那樣吧。」

「哪有這回事啦。」

我脹紅了臉反駁。

「好啦，沒關係。」

我們三人一起收拾攤位，這時，由美子女士的手機響了。

「是我家把拔……啊、是我先生啦。他說會晚點到，不如我們收好東西後，去那間店喝杯咖啡聊聊吧。」

於是，我和阿健就這麼一起聽由美子女士說了關於她的先生——昌弘先生的事。

小故事⑥　關於丈夫昌弘先生的事

我家把拔原本是大企業的上班族，
辭了工作跟我一起經營書店。
這個我已經跟理香說過好幾次了。

這樣的把拔，
教會我許多關於做生意該知道的事。
那應該是他剛辭掉公司工作不久的時候吧。
那時我父母也都還健在。
送書到顧客家的工作，由我和先生一起分攤。
我平常都是騎腳踏車送書去顧客家，
那天正好下雨，兩人就一起開車去送。

到了我先生負責的顧客家，
我看到他把裝在塑膠袋的書放進信箱後，
忽然對著顧客家的房子鞠了一個躬。
我心想，是誰在裡面嗎？
這樣的話，怎麼不直接把書交給對方呢。
結果，到了下一個顧客家，他還是那麼鞠躬了。
回到車上後，我就問他：
「誰在裡面嗎？」
沒想到他說：

「世界上有這麼多書店，
人家卻選擇了跟小林書店買書，
一想到這個就很感恩，不知不覺低下頭說『謝謝』了。」

他這麼說了喔。

我心想，這人真的好了不起啊。

當時才剛辭去公司的工作耶。

跟他比起來，我在送書的時候，

有時連腳踏車都沒停穩，把書放進信箱就走了。

另外，像這樣送書去的顧客家，

每到月底還要去收書的錢。

我先生他絕對不會在送書時順便收錢。

假設上午送完書，他也會先回到家，下午再去收錢。

好好地換上乾淨的襯衫才去。

我問：「為什麼要專程這麼做呢？」

他又告訴我：

「收的雖然是我們賣書的錢，

那些錢對顧客來說也是很重要的財產，
平常送書的時候總是滿身臭汗，
怎能在這種狀態下順便收錢呢？
當然囉，像今天這樣炎熱的天氣，
也有可能換了衣服還是馬上又一身汗。
即使如此，我還是想先回家一趟，
沖個澡，換上乾淨襯衫再去收錢。
至少要秉持這樣的態度，這是對顧客最低限度的禮貌。」

反正他不管做什麼都是這樣。
我真的很佩服，覺得他很了不起。
從以前到現在，我先生的口頭禪都沒變過。

「世界上有這麼多書店，

我們生意能做得起來，
都是拜跟我們買書的顧客所賜。
所以，不管幾次都想低下頭，
跟客人道謝。
再怎麼感謝都不夠。」

這些做生意的人基本的思考，
我當然也有從父母那裡學到，
但幾乎都是我家把拔教的。
這點真的是非常感謝他。
對了，他還跟我說過一件事。
上次應該也跟理香說過，
出版社的企劃物賣得很好時，
經常會被邀請去東京。

我第一次受到邀請，是參加小學館的感謝會。
那次的行程，是要在東京過夜的。
大概是我三十歲左右的時候吧，
孩子們都還小，
為了出這趟遠門，請我媽幫忙照顧小孩。
開心歸開心，出發前其實我很緊張。
老實說，那是我第一次去東京，
也是第一次一個人出門過夜。
於是，我先生就跟我說：

「妳去了東京，
要面對很多不認識的人，
還第一次自己在外住飯店，
回程又要搭新幹線一路搖晃回來，

回到家的時候一定很累了。
可是，唯有到家進門那一刻，
一定要滿臉笑容地跟媽媽說：
謝謝媽媽！多虧有您幫忙，我玩得很開心！
畢竟在家等的人也很辛苦呀。
媽媽要照顧孫子們，要顧店還要煮飯，
辛苦地等著妳回來。
要是妳也頂著一臉疲倦的表情進家門，
媽媽會怎麼想？
又不是只有妳累，
去東京那麼累的話，不要去就好了啊。
她一定會這麼想吧。
所以，就算只是進家門那一瞬間也好，
一定不能嫌累喔。

真的累的話，等回到房間躺在床上了再抱怨就好。」

哎呀，他說的真沒錯。

從東京回到家時，

我媽等在門口，

我就說：

「謝謝媽，孩子們很不好照顧吧？可是多虧有您幫忙，我這趟玩得很開心喔。」

我媽聽了就說：

「那太好了，要好好加油喔，這樣明年才能再去。」

原來如此，我終於理解先生為何那麼說了。

的確，要是我回來時抱怨「好累」，

母親的反應或許也不會是這樣。

再說，我在東京也有好好去觀光，真的是玩得滿開心的啊。

還有，去東京之前，先生還跟我說了這番話：

「要舉辦這個大型的活動，
出版社的人一定也是勞心勞力地在準備。
像是安排旅館住同一個房間的人，必須思考誰比較適合跟誰住一起，
各種事情都得考慮得面面俱到才行。
當天他們最擔心的，
就是受邀來參加的人有沒有開心享受。
就怕大家有什麼不滿意的地方。
妳的出版社窗口一定也是這樣呀。
『小林小姐玩得開不開心，有沒有一個人落單？』像這樣擔心著吧。
所以，到了感謝會的會場，妳要做的第一件事，
就是問櫃檯晚上跟妳同房的人是誰。
然後，妳就先去找那個人，
自我介紹說『我是妳今晚的室友小林』，和人家打好關係。

即使會場都是不認識的人，
妳也要和這位室友好好相處，開心地聊天。
這樣的話，出版社的人看到了，
就會放心地想『啊、小林小姐玩得很開心，
還交到了朋友，真是太好了』。
像這樣不要讓出版社的人太為自己費心
也是我們受邀的人應盡的禮儀。」

說得出這種話的人，你們不覺得很了不起嗎？
雖然是自己的丈夫，但我真的很崇拜他。
出版社的活動，他根本就連一次都沒去過耶。
像我這種人，還是等到聽了先生叮嚀後，
才恍然大悟「對耶，真的是這樣」。
我自己是完全沒注意到那些地方的啊。

就像這樣，我從他身上學習了很多喔。

實際上，照他說的先找到同房的人打了招呼，

結果也跟對方變成很好的朋友。

後來又被出版社邀請去東京很多次，

但我永遠都記得第一次去的時候先生對我說的那些話。

回到尼崎，

也一定會對顧家的人說「謝謝」和「多虧有你幫忙，我這趟玩得很開心」。

之後，我才會像一把機關槍似的

把去東京的所見所聞一口氣講出來跟他分享。

這時，我家把拔他也會一邊認真聽，

一邊點頭說「嗯嗯，太好了」。

他自己明明一定也工作得很累，還是聽我講話講到半夜。

朋友經常對我說「妳真幸福，有個好老公」。

我自己也覺得是啊，沒錯。

彷彿算準時間似的，由美子女士才剛講完，昌弘先生就來了。

我們也起身告辭。

回車站的路上，阿健佩服地說：

「哎呀，好厲害喔。」

「很厲害吧。」

我們兩人聊天聊到情緒高張時，彼此都會脫口而出假關西腔。

「擅長說故事的由美子女士很厲害，不過站在男人的立場，她先生說的每句話更是太帥氣啦。像我就不可能說得出來。」

「那當然啊。」

「可是，總有一天我也想說那樣的話。」

聽到阿健這麼說，我不禁想像「總有一天是哪一天」。

到那時候，我還在他身邊嗎？

「『書誼～在書店聯誼～』啊，大森小姐，妳這點子還真有意思。」

文越堂書店堂島分店的柳原店長看了我的企劃書後，劈頭就這麼說。

「書誼……我也想參加。」

打工的雅美小姐也興致勃勃。

「我想，只要以書作為媒介，對話應該自然就能展開。」

我跟他們分享自己在犬村俱樂部的經驗。

許多人甚至願意出錢，只為了聚在一起談論書本。不只如此，以書為媒介交談時，人們往往更容易加深情感。實際上，犬村俱樂部就誕生了多組情侶，其中甚至有超過二十組情侶走入婚姻。當然，我沒把自己跟阿健的事說出來。

「是喔，真厲害。可是，為什麼不辦普通的讀書會就好呢？」

「那樣的話就只是在模仿犬村俱樂部而已啊，不自己加入一些變化的話，不會覺得有點不甘心嗎？」

「這倒也是。」雅美小姐贊同我的意見。

「在書店用書舉辦一場聯誼很有話題性，或許也會有媒體來採訪喔。」

事實上，這個「在書店聯誼」的點子，是我和阿健一起想出來的。我說我打算跟文越堂書店提議舉行讀書會，阿健就說「那樣豈不是模仿犬村俱樂部而已嗎，得自己加入一些變化才行」，兩人就一起想了各種點子。

在柳原店長和雅美小姐面前，我講得一副像是自己一個人想出來的一樣：

「普通的聯誼，多半都會用第一印象來選擇對象不是嗎？書誼則是用書來選擇。透過選書的品味選擇對象，製造兩人對話的機會。」

「原來如此，不是靠外表或其他條件，而是用自己帶去的書來決定對象啊。聽起來很有趣。」雅美小姐說。

「請所有參加者各自帶一本自己的愛書來。分成男女兩桌，在桌上把書一字排開。比方說，先請男生去擺了女生的書那桌，選一本『想跟這本書的主人聊聊』的書。接下來，兩人可以聊十五分鐘。之後男女對調，重複一樣的過程。」

「聽起來確實很有趣，但舉辦這種聯誼，對我們店有什麼好處？」

「我就知道柳原店長一定會這麼問，關於這點也想好了喔。十五分鐘的聊天時間結束後，再請選書的那位到店裡選一本『對方可能會喜歡的書』，買下來送給對方當禮物。」

「原來如此，這樣就能轉換為店裡的營業額了。」

「要是男女交換後又抽到一樣的對象，就表示兩人很相配吧？」

「或許是命中注定的紅線牽起的兩人喔。」

「好好喔。」雅美小姐似乎真的很羨慕似的說。

「要是男女人數不一致呢？」

「那就不要分成男女兩組，全部混在一起好像也可以。男人也可以跟男人聊書，女人也可以跟女人聊書啊，不拘泥於性別的聯誼，說不定會上新聞。」

「那最後怎麼結束？」

「這就交給參加者自己決定囉。看是要交換聯絡方式，還是當場結束都可以。」

「確實好像滿有話題性的，大森小姐現在可是人氣推手，就試試看吧。」

柳原店長這句話，讓我的「書誼～在書店聯誼～」企劃得以正式實現。

黃金週連假結束後，我的大阪生活也邁入了第二年。

「書誼～在書店聯誼～」的活動受到各家媒體報導，會場的氣氛也很熱烈，整體來說非常成功。

我再次深切地體認到，書除了可以自己一個人享受，也是一種出色的交流工具。若是繼續研究下去，說不定能找出一套足以改變社會的商業模式。

這麼一想，我便想起剛進公司還在教育訓練時，和我同期的御代川說想「以書本為起點投入社會事業」。她現在不知道過得如何，下次聯絡看看好了。

當然，業務的工作不光只有思考這些有趣的活動，單調乏味的工作也很多。圖書經銷原本扮演的就是在出版社和書店中間協調的工作，基本上是不起眼的存在。對我們業務窗口來說，業績數字比什麼都重要。每間書店都有設定不同的目標營業額和獲利目標，達到多少目標關乎書店獲得的評價。

表定上班時間雖是九點，基本上大概都會提早三十分鐘坐在辦公桌前。首先確認前一天每個經銷點的銷售數據。一方面是掌握哪些書賣得好，另一方面是確認每間書店的銷售狀況。

比方說，某間書店的文庫本營業額比前一年大幅滑落。這時就要根據銷售數據分析並做出為什麼會這樣的假設。看是新書賣不好還是舊書賣不好。如果營業額大幅滑落的都是新書，那可能是放文庫的平台書架陳列沒有新鮮感。如果營業額大幅滑落的是舊書，那或許就是書架上有太多賣不動的庫存。像這樣自己做出假設，再實際上去書店檢視書架的狀況。

看了之後，若證實自己的假設沒錯，就要向書店提出「或許可以如何如何改善」的具體建議。

工作第一年時，幾乎所有我提出的建議都被忽略。雖然每間書店的店員個性不同，有的人未必會說出口，意思應該都是「那種事不用妳說我也知道」吧。然而最近，聽了我的建議之後，會說「原來如此」並接受的店員愈來愈多了。儘管自己沒什麼實際感覺，但我或許真的成長了不少。

在看銷售數據時，通常會將電話設成打不進來的通話保留狀態。

這是因為，九點一將保留解除，瞬間就會湧入各家書店打來的電話。書店和圖書經銷之間的聯絡管道，至今依然如此傳統。

電話內容五花八門。有抱怨早上打開紙箱發現雜誌書角折到的，也有人打來訂其實不急著要的書。

假設接到了雜誌書頁折到的抱怨電話，業務就得再打去雜誌中心問有沒有多的雜誌，有的話請他們送去書店。

十點書店開門後，公司要求業務盡可能出去巡店。大阪分公司的想法也還很傳統，認為業務光是坐在辦公室內賺不了錢。

即使不是自己負責的書店，只要有跟大販結算的新書店開幕，整間分公司的人都要去幫忙。我們會和書店的工作人員一起規劃書架，一起把書上架。這完全是體力活，但整個團隊同心協力完成一件工作的成就感也非常大。

「百年文庫」讀到第二十三集了。

這本的主題是「鑰」。

收錄的作品有H．G．威爾斯的〈牆中門〉、阿圖爾．施尼茨勒的〈分離〉，以及霍夫曼斯塔爾的〈第六七二夜的故事〉。

這三篇都是有著奇特氛圍的作品，其中〈牆中門〉的內容最是吸引我。

主角小時候曾進入「一道白牆上的綠門」之中，他還記得裡面是個「充滿歡喜的幸福場所」。之後，每當他站在人生的分歧點，那扇門就會出現，誘惑他再次進入其中。然而，他每次都拒絕了誘惑，沒有走進那扇門，繼續走在自己的人生路上。

最後，主角成為一位知名政治家，綠色的門又出現在他面前，這次究竟他將做出何種決定？是這樣的內容。

進入公司，被分發到大阪，對我而言就像打開一扇新的門，踏入其中那個新世界。

得知被分發到大阪時，真的是眼前一黑。可是，要不是來到大阪，我也不會認識小林書店的由美子女士，並且從她身上學到許多工作上重要的事。當然，也不會遇到大販大阪分公司的上司和同事，以及文越堂書店堂島分店的柳原店長和雅美小姐，還有其他我負責書店的人們。大家都是我人生中的珍貴的寶物。

也因為來到大阪，我才會和阿健相遇。

如果當初留在東京總公司會怎麼樣？

我大概只會把眼前的工作做完，沒有機會學到工作上及人生中那些有趣的事物，就這樣邁入進入社會的第二年吧。

每次和阿健見面，我們一定會討論想在書店執行的書展及企劃，想像那將會有多有趣。我們稱這是「作戰會議」。

我會把「作戰會議」中誕生的企劃帶去向文越堂書店堂島分店提案。到了這個階段，柳原店長已經開始說「只要是大森小姐的提案，不管怎樣就先做做看吧」。這是因為，在這個業績只要能維持和去年一樣就已萬分慶幸的書店業界，文越堂書店堂島分店今年的業績比前一年超出許多。

我提出的企劃之中，特別成功的是「〇〇坑讀書會」。「〇〇坑」的「〇〇」可以填入「作家」、「音樂人」或「某種領域」。簡單來說，就是將掉入某坑的狂熱粉絲聚集起來參加讀書會。

第一屆的主題是「春樹坑讀書會」。

換句話說，就是一個讓村上春樹書迷聚集在一起，暢談自己特別推薦的村上作品或書中角色的讀書會。報名參加的人數是預定人數的好幾倍。讀書會中最多人推薦的書，果然是不負眾望的《挪威的森林》。「書中角色總選舉」的結果，則是由《海邊的卡夫卡》的中田險勝《挪威的森林》的小林綠。

關西的許多媒體都報導了當時的盛況。

我們還把這類活動中被提到的書組成一個專區，花了點工夫讓效果持續發酵。

因為連續推出了幾個受歡迎的企劃，出版業界的刊物《新文化》來採訪我，做了一整個版面的專訪內容。

公司裡不時有人看到我就說「唷，人氣推手！」每次我都惶恐地回應「別再說了，饒了我吧」，其實心裡可能還是有點得意。

某天，結束午休回到辦公室，中川組長過來問：

「妳最近有去海老江的石井書店嗎？」

「沒有耶，大概半年沒過去了。」

「這樣啊……」

停頓了一下，中川組長才繼續說：

「那間店，要收掉了。」

「真的嗎？」

我立刻前往海老江。

這消息令我非常沮喪。

石井書店要收起來的事就不用說了，身為業務窗口的我卻不知道這件事，更是令我大受打擊。都是因為自己只把注意力放在文越堂書店的企劃，忽略了其他的地方小書店。我對這樣的自己感到沮喪。

到了石井書店，老闆石井叔叔一看到我就一臉歉意地說：

「抱歉啊，大森小姐是我們書店的業務窗口，其實應該第一個告訴妳才對，只是剛好打電話過去時是中川先生接的。」

「我才該向您道歉，沒能幫上忙。」

「幾十年來勉強撐著這間店，現在我年紀也大了，該是退休的時候。不管怎麼說，也沒人能繼承這間店。」

這麼說著，石井叔叔露出寂寞的微笑。

「對了，《新文化》我也看了喔。不然，大森小姐妳來繼承我這間店好了？」

我不知該如何回應才好。

回程，走在往車站的路上，我不斷責怪自己。

沒有回公司，直接去了小林書店。

由美子女士一看到我就說：

「怎麼啦？臉色這麼難看。」

我把石井書店的事情告訴她。

「這樣啊……」

這麼說著，由美子女士沉默了一會兒又說：

「店要收起來也是沒辦法的事，畢竟做生意就是這樣。會有順利的時候，也會有不順利的時候，沒辦法的事就是沒辦法。」

一個深呼吸後，她又補充說道：

「話雖如此，對我們這種小書店來說，圖書經銷是很特別的存在，這點妳絕對不能忘記喔。對了，這件事我應該還沒跟妳說過吧？」

於是，由美子女士慢慢說起關於某間書店的故事。

小故事⑦　圖書經銷就像小書店的父母親

忘了是幾年前的事了，

有一間在尼崎經營了六十年的小書店決定結束營業。

那間書店叫「以呂波仁堂書店」，

由八十多歲的母親和六十多歲的兒子兩個人一起經營。

平常母親顧店面，兒子外出送書。

兒子雖然有妻子，

但妻子不插手書店的經營。

或許因為老母親年歲漸長，覺得經營也面臨了極限吧。

總之，那也是沒辦法的事。

就像我們這間店，也不知道還能經營到什麼時候。

沒有土地也沒有財產的地方小書店，

或多或少都會遇到類似的狀況。

話雖如此，還是有件事讓人有點火大。

那就是——以呂波仁堂都要結束營業了，

大販的大頭們居然沒半個人過去打聲招呼致意。

當然啦，負責的業務窗口是有去辦一些行政上的手續，

但大頭們到底知不知道這件事就有點難說的感覺。

正好在以呂波仁堂結束營業幾天前的某個星期六，

當時大販的部長是個叫田木先生的人，

他要轉調去東京，

我們幾間書店就發起了送別會，

在堂島地下街的店裡舉行。

然後，田木先生一個一個過來跟我們打招呼，

也有來到我面前說「承蒙照顧了」。
當然，我也回了「我才承蒙您照顧」，
畢竟開開心心地送別才符合社會人的常識。
可是啊，我實在無法忍耐。
不抱怨個兩句，心裡就是悶得受不了。
所以，就還是把想說的話說出口了。

「田木先生啊，
對星期一就要轉調去東京的部長先生您，
在這裡說這種話或許不太恰當，
但我還是決定說了。
田木先生這陣子每天都在參加送別會，
與此同時，卻也有一間即將收起來的書店，
聽不到任何人去說聲『承蒙照顧了』、『非常感謝您』。」

聽我這麼一說，

田木先生整個人就像從酒酣耳熱中清醒過來，

急著問我：「是哪裡的哪間店？」

果然，他連有這檔事都不知道。

說不定，田木先生甚至連一次也沒去過這間小書店。

田木先生原本就是轉調過來的，在大阪只待了兩年左右，

這麼小的書店，也不能怪他不知道。

雖然不能怪他，但我就是難以釋懷。

一想到這個，眼淚就自己流下來了。

「您不知道嗎？怎麼能這樣？

對我們小書店來說，圖書經銷就像父母親一樣，

要是被父母拋棄就活不下去了。

拜圖書經銷所賜，小書店勉強能夠維生，

您卻連有這間店的存在都不知道。

像您這樣的大販高層轉調單位時，

會有許多人為您辦送別會和歡迎會。

相較之下，一間幾十年來只跟大販做生意的書店要收起來了，

大販的部長卻連有這間店都不知道。

經營了六十年的店要結束營業了，大販連聲招呼都不打。

這種時候，去說聲『謝謝您，沒能幫上忙真的非常抱歉』，

也不會遭天譴吧？」

田木先生臉色鐵青，什麼話都說不出來。

我則是眼淚不停地掉。

一次又一次地說：

「抱歉抱歉，我不該在這種場合說這種話的。」

其實，我父親在過世前，

最後說了一句話。

妳知道他說了什麼嗎？

「給大販的錢付了沒？」

這就是他最後說的話。

人生的最後，他還在擔心該付給圖書經銷的錢付了沒。

對小書店來說，圖書經銷就跟父母親沒兩樣。

可是，圖書經銷卻未必把小書店當成自己的孩子。

親眼看到這種狀況，我一口氣就是吞不下去。

然後啊，那個送別會是星期六舉行的，

星期一上午，我收到田木先生傳來的電子郵件。

「剛才，我去跟以呂波仁堂書店打過招呼了。
其實，大阪還有另外一間書店也要結束營業，
我現在過去跟對方致意，
然後才搭新幹線前往東京。
真的非常感謝您。
到了東京之後，
我也一輩子都不會忘記小林小姐教會我的事。」

他在信裡這麼寫。

我心想，把話說出來果然是對的。

那之後，負責以呂波仁堂的業務窗口也打了電話給我。

「我剛才去以呂波仁堂，

顧店的阿姨幾乎是用衝的衝出來，
跟我說部長去跟她打招呼了。
還說這樣她什麼時候把店收起來都沒有遺憾了。」

聽到這個，我也很是高興。
真的很慶幸自己在送別會上不看場合地說了那番話。

說完這些，由美子女士陷入沉默。

就這樣沉默了好一會兒。

「原來是這樣啊。」

我忍不住說了這句話。

由美子女士接著說：

「就是這樣啊。只要幾句話，我們小書店就會覺得至今的辛苦都值得了。就是這麼回事，真的就只是這樣。」

由美子女士感觸良多，又低聲重複了幾次「就是這樣啊」。

「我也想過這間店收起來時的事呢。」

「請別說那麼不吉利的話。」

「不是啊，我年紀也大了，這種小店再過不久就要消失了啦。可是，消失的時候，我可不想只是不為人知地貼張公告就算。最好是拉個紅布條，擺桶日本酒，請大家來乾杯。昭告天下，書店在這裡開了七十年，今天要謝幕了，請大家一起來喝兩杯吧，這樣。」

「聽起來很棒耶。」

「很棒吧？」

「不、還是不太棒，請您一定要繼續經營下去。」

「別擔心，我還會努力一陣子的啦。」

這麼說著，由美子靜靜微笑。

我一回到公司，立刻拜託椎名部長也要去石井書店打個招呼。

幾天後，我和椎名部長及中川組長一起去跟石井叔叔致意。叔叔很高興，我卻還是開心不起來。

「百年文庫」看到第二十七集了，這本的主題是「店」。收錄了石坂洋次郎的〈女鞋〉、椎名麟三的〈黃昏回憶〉與和田芳惠的〈雪女〉這三篇，都是以店舖為舞台的故事。〈女鞋〉講的是住在鞋店當包吃包住學徒的主角，透過雜誌的筆友專欄認識了一位女性，彼此開始通信，而他為對方製作了一雙自己從未做過的高跟鞋，想當作禮物送出……

一邊讀著，我一邊心想「年輕真好啊」。是說，我也還不老啦。

季節即將由秋天轉入冬季。

某天，奧山總經理把我叫了過去。

我緊張地敲了他的辦公室門。

「進來。」

一如往常，門內傳來有點不耐煩的低沉回應。

「打擾了。」這麼說著，我小心翼翼推開門，走進辦公室。

眼前果然還是一張攤開的體育報。

奧山總經理從報紙後面探出頭。

他還是那麼酷、那麼黑，又那麼嚇人。

可是，我不像第一天來大阪分公司時那樣害怕。因為，我已經知道他只是外表嚇人，其實也有溫柔害羞的可愛一面。

「喔，妳先坐下。」

我在待客沙發上坐下。
總經理走過來坐在我對面，這麼說：
「大森，妳進公司多久了？」
「一年半左右。」
「這樣啊，時間過得真快呢。」
「是啊。」
「東京總公司這次準備成立一個新的部門，叫做新型態書店開發部。」
新型態書店開發部。
光聽字面，我仍難以理解意思。
「大販想運用過去從未有過的創意，打造一間和過去不同型態的書店。」
「是。」
「妳認為這麼做是為了什麼？」
「為全國書店做一個示範？」
「妳很懂嘛。」

我們公司真的開得了這樣的書店嗎？我愣愣地這麼想。

「然後啊，負責那個部門的幹部剛才聯絡我，妳猜是什麼事？」

我搖搖頭。

完全猜不到。

「他們說想要大森啦。」

什麼意思？

看我一頭霧水的樣子，奧山總經理像是有點火大地說：

「意思就是，他們希望妳加入新型態書店開發團隊。」

「我嗎？」

「對啊，直接指名喔。妳出人頭地囉，就跟連甲子園都沒出場過的無名投手在職棒新人選秀會上獲得巨人隊第一指名差不多。」

這個比喻我也聽得不是很明白，只好先提出單純的疑問：

「為什麼是我？」

「這妳要去問總公司啊。」

「可是——」

「或許東京沒人才了吧。」

「是這樣喔？」

「笨蛋！當然是開玩笑的啊。是因為大森妳在文越堂書店提出各種嶄新的企劃都做得很成功的關係吧！他們純粹就是想要妳的企劃能力，妳還不明白嗎？」

我什麼都說不出來。

「對大阪分公司來說，我當然不想把好不容易培養到快要可以獨當一面的員工送給東京。」

「嗯……」

「當然不想給啊，但是對方就說無論如何都想要。為了公司，也為了大森好，我只能含淚答應了。」

我怎麼聽都不覺得是在說自己的事。

「恭喜妳，要轉調東京了。很開心吧？」

開心嗎？我也不知道。

「這已經是確定的事情嗎？」

「人事令一月一日生效。」

「也就是說……」

「年底前妳把這邊的工作交接完，過完年就到東京總公司上班。」

走出總經理辦公室，我還是感覺很不真實。

如果是剛進公司那時候，一定會很高興吧。畢竟當時我一心只想回東京。

但是，現在的我還想回東京嗎？

轉調回去的話，就不能常常跟由美子女士見面了。

當然，阿健也是。

遠距離戀愛真的能夠維持嗎？

再說，也會很難再見到大阪的同事、文越堂書店的柳原店長及雅美小姐。

還有其他那許多地方小書店的老闆們。

腦袋一片混亂的我，下班後立刻前往小林書店。

一看到由美子女士，一陣說不清楚的情緒湧上心頭，我只能拚命忍住。

看到這樣的我，由美子女士很驚訝地說：

「怎麼了？」

「由美子女士，我好像要調去東京了。」

「什麼好像，講得像別人的事一樣。」

「聽說東京總公司成立了一個新部門，說是為了打造全新概念的書店。我被調派到那個部門了，講起來真的會覺得好像不是自己的事。」

說到這裡，彷彿潰堤一般，淚水不斷湧出。

由美子女士一直等到我冷靜下來，才靜靜地開口說：

「這是好事啊。」

「是好事嗎？」

「因為，這就表示理香的工作表現獲得認同了呀。會注意到的人就是會注意到。」

「可是，那些事都不是光靠我一個人能辦到的啊，都是有誰幫忙才完成的工作。」

「當然是這樣啊，這點妳絕對不能忘記。可是，即使如此，自己還是獲得了認同，妳可以坦然為此感到開心的。」

她說的或許沒錯。

「理香獲得公司提拔，要加入打造全國書店範本的計畫，連我都覺得好開心啊。回東京要好好加油喔。」

「可是我……」

「對了，我有跟妳說過遭小偷的事嗎？」由美子女士忽然冒出另一個話題。

「遭小偷？」

「好幾年前的事了，書店遭了小偷。我從來沒有像那時那樣感謝身邊的人們過。」

說著，由美子就一副很高興的樣子，開始告訴我遭小偷的事。

小故事⑧　遭小偷

那件事應該是發生在十二月底。

沒記錯的話是二十七號。

晚上，我們都睡在店面樓上的三樓。

廚房、浴室和廁所則是在二樓。

晚上三點多，我家把拔起來上廁所，

一下樓就察覺不太對勁。

廚房流理台的抽屜全都被打開了。

我們送貨用的袋子也被打開來，亂丟在桌上。

「快起來，事情不好了。」

我被他的聲音叫醒，

也下到二樓去看。

不光是廚房，

走進旁邊的和室一看，佛壇和櫥櫃的抽屜也全部都被打開。

「遭小偷了！」

兩人急忙下到一樓店面，

果然不出所料，

店裡所有能拉開的抽屜都被拉開了一點。

一定是每個抽屜都拉開來，

想看一下裡面有沒有值錢的東西吧。

二樓沒放什麼財物，

但不巧的是，前一天收回來的書錢全都放在一樓。

因為當天太晚了，沒法拿去銀行存。

也因為快過年了，還有一些預計要給孩子們的壓歲錢和找零用的百圓硬幣。

總共七十萬圓左右吧。

全部都不見了。

我震驚得站都站不住，當場跌坐在地。

「怎麼辦、怎麼辦……明天要付款啊……」

對，隔天正好是付款給大販的日子。

我家把拔馬上打了一一〇報警。

這時，我們忽然想起銀行存摺。

存摺平常也放在店裡。

「存摺！」我忍不住大喊，馬上跳起來想找。

卻被警察先生用力制止了。

「太太，不可以碰。

請等所有的現場採證結束。」

就算他這麼說，我還是很擔心啊。

要是連存款都被領走怎麼辦。

好不容易等到早上，總之先去銀行辦理帳戶凍結。

採證結束後，發現存摺還在。

還有店裡為了新年用，進了十五萬圓的圖書禮券，

小偷也原封不動地留在原位。

看來只要是會留下足跡的東西都不偷吧，

只有現金連一圓都不留地拿光了。

總之很慘啦。

隔天就是付款給大販的日子，

付不出來怎麼過年。

我打電話給妹妹，說明了事情的經過。

「我盡可能籌錢帶過去。」

妹妹雖然這麼說，但她也不可能籌到太多錢……

正當我這麼想的時候，

大販的奧山總經理和椎名部長剛好來跟我打歲末的招呼，

雖然不想講，但不講也不行，

聽了之後，大家都說不出話來。

然後，買了很多書才走。

還說：「小林小姐，我們能做的也只有這些了。」

我真的不知道該說什麼才好……

接下來，大販的人一個接一個出現，

每個人都來買書。

聽說奧山總經理把我的事情告訴了大家，

雖然他事先聲明「沒有絕對強制」，大家還是來了。

也正好在那時候，

我高中的學姊碰巧打電話來。

我大概是撐不住了，

在跟她說店裡遭小偷的事情時，眼淚停都停不下來。

「打起精神，該慶幸至少人都沒事啊。」

電話那頭傳來溫暖的鼓勵。

是啊，真的是這樣沒錯。

那天都還沒過完，學姊和同學們紛紛來到店裡。

「我要買一萬圓圖書禮券。」

「我要買三萬圓圖書禮券。」

大家都為了我來買禮券……

可是，對大家來說，圖書禮券根本就不是必需品。

我說「大家，不要勉強啊」，

大家的心意我很感謝，但也覺得很抱歉。

「圖書禮券可以拿來當壓歲錢發，

隨時都能用，我正好想買啊。」

哪有那麼剛好的事，可是他們就這麼說了。

之後，上門買圖書禮券的人絡繹不絕。

圖書禮券竟然就這樣賣光了。

沒想到，還有人這麼說著來買：

「我不急著用，過完年再給也行……錢就先付了。」

拜這些人們所賜，

總算是把該給大販的款項都付清，順利過了年。

過完年後，

知道店裡遭了小偷的人陸續來店裡，

大手筆地買了許多書。

我除了說謝謝，真的不知道還能說什麼。

遭小偷的當下，

只覺得眼前一片漆黑，

甚至想說不如死了算了。

可是，託大家的福，我才得以體會人心的溫暖喔。

我不知道那時由美子女士為何要跟我說那番話。只是，從立花搭電車回大阪時，我已下定回東京總公司的決心。

那年年底，我也體會了好多人心的溫暖。對這不滿兩年的大阪生活，我從來沒有如此心存感激過。

過完年，我成為東京的上班族。

沒有搬回老家，決定自己一個人住。

我在中央線的西荻窪附近找房子，因為這一帶很多很酷的書店。

總公司新型態開發部的工作也做得很開心。

我們的目標，是打造一間前所未有的新型書店，成為全國書店參考的典範。我身為七人小組的成員之一，和大家一起推動這個計畫。

團隊中，我是年紀最小的一個。

我們幾乎每天都將各種點子帶到會議上討論，每天都能舉行作戰會議，對我來說簡直就是夢想中的職場。

兩年半後，我們親手打造的第一間書店，在原宿一隅開幕了。地點在從原宿車站往北參道和千駄谷方向走一段距離的地方。這一帶被稱為裏原宿，是最近特別受矚目的地區。

書店名稱叫「本座・原宿」。

核心概念為「可實際參與各項企劃的書店」。

這裡的規則是，店員和顧客一起參加各項企劃，炒熱店內的氣氛。

大阪的經驗讓我學到，人在充滿「熱情」的地方就會感覺「愉快」。反過來說，人們不會聚集在沒有「熱情」的地方。必須先有「想做什麼的心情」，「熱情」才會從中誕生。店內工作人員的心情固然重要，當顧客也有「認真想做什麼的心情」時，店裡就會充滿更多熱情。

所以，我們在「本座」策劃了好幾項讓顧客積極作為主體參加的企劃，促使「熱情」誕生。

只要成為「本座」的付費會員，就能以「客座店員」的身分參加各種活動。想體驗書店店員的人意外的多，所以採用了這個方式，吸引來比想像中更多人報名參加。

目前，書店內的活動分成「書展部門」、「活動部門」、「ＰＯＰ部門」和「原創周邊商品部門」等，展開各式各樣的企劃。

這些本來是必須付錢請人做的工作，大家卻都開心地投入其中。參加者中也有幾位設計師、插畫家和攝影師，除了店內POP和海報，他們連原創周邊商品的開發也參與了。對這些創作者而言，等於也多了一個發表作品的地方，稱得上是雙贏的局面。

我們還花了不少心思，把書店打造成小眾嗜好的社群交流空間。書店內設計了幾間可供小規模聚會的房間，只要社群中有一位客座店員，整個社群都能自由使用那些房間。

透過在文越堂書店堂島分店舉辦的「○○坑讀書會」，我深切感受到，愈是擁有小眾嗜好的人，愈是渴望一個能和興趣相投的人聚集交流的地方。

書店擁有扮演「集線器」的極大潛能。這是因為，每一種嗜好一定都有相關書籍。只要舉辦聚會當天，將這些冷門嗜好相關書籍在店內齊全上架就好。值得感恩的是，陷入「○○坑」的人都很願意掏錢出來買與自己嗜好相關的書及周邊商品。如此一來，自然能成為店內營業額的一部分。

書店這個地方，說來和各種小眾嗜好的阿宅很合得來呢。

除此之外，「本座．原宿」還以各種形式設計了讓顧客也能參與的企劃，受到許多媒體採訪，吸引了更多人潮。到目前為止，經營算得上是成功。

我們團隊的下一個課題，是如何將從這間書店裡看到、學到的經驗，推廣到全國各地的書店。

我每天都在思考。

有什麼是地方上小書店也能辦到的嗎？

追根究柢，我們的公司被稱為「圖書經銷」。然而，圖書經銷只要站在出版社和書店中間「經手銷售」就好的時代早已結束。

我還在大阪分公司時，每天朝會上，奧山總經理不知道說了幾次「接下來我們不能只是『經手』，還要做到『串連』才行」。當時我領悟不到其中的含意，最近卻常在思考「串連」的意義。不只串連書店與顧客、串連書店與出版社，還有很多可以串連起來的人事物。

新幹線即將抵達新大阪站。

我緊緊握住剛讀完的「百年文庫」第一百集。

這一集的主題是「朝」。收錄了田山花袋的〈早晨〉、李孝石的〈蕎麥花開時〉和伊藤永之介的〈鶯〉。

三篇都有那麼一點黎明拂曉的感覺。

搬到東京後，我讀書的步調慢了下來，到這天才總算讀畢這套「百年文庫」。即使如此，真虧我自己讀得完這一整套。

在新大阪站下了車，我大口深呼吸。睽違三年的大阪空氣。

第一次來的時候，我曾是那麼恐懼這個地方，現在久違地回來，只覺得好懷念。

話是這麼說，搭手扶電梯時還是下意識站在跟大家相反的左側。以前在大阪時明明就學會站右側了，現在已經完全恢復原狀。習慣真是可怕的東西。

轉乘在來線。

聽到女高中生們說的大阪腔，感覺好新鮮。

我沒有在大阪站下車。

因為今天不是來出差的。

電車經過尼崎站，來到立花站。走出票口，我加快腳步，朝商店街走去。

是的，我今天的目的地是小林書店。

睽違三年的立花商店街，感覺沒有太大變化。
即使如此，隨著小林書店愈來愈近，我就愈來愈緊張。
好多話想跟由美子女士說。
不過，首先得報告最重要的一件事。
我要和阿健結婚了。
對，就在我調回東京的半年後，阿健也調回他們的東京總公司了。
我們繼續交往，上個月決定結婚。
下下個月將舉行一場小小的婚禮。
來參加婚禮的賓客，每人可得到一本「百年文庫」。
下一件要報告的事是，我們打算跟小林書店採購這批書。
只要報告完這兩件事，我今天的任務就結束了。
很快地，從商店街的拱頂下穿過。
繼續往前走。
熟悉的藍色招牌映入眼簾。

「歡迎。」

由美子女士站在店門口等我。

這三年之間，趁著由美子女士去東京時，我們見了幾次面。不過，上一次見面也已經是將近一年前的事了。

走進店裡，懷念的氣味撲面而來。

我先把今天該報告的事長話短說。

「我就在猜妳今天應該是來報告這個的。」由美子女士非常高興。

「百年文庫」的事，她也說會去跟出版社接洽。

就這樣，我的任務結束。

接著，由美子女士像就等這一刻似的說：

「沒和理香見面這段時間，小林書店和我都發生了好多事，有開心的事也有火大的事，話說起來會有點長，妳想聽嗎？」

「當然。」

我就是這麼打算，今晚已經訂好尼崎的飯店了。

於是，由美子女士又再次說起長長的故事。

後記

本書是以兵庫縣尼崎市ＪＲ立花站北側商店街實際存在的書店——小林書店店主小林由美子女士為原型寫成的小說。

主角設定為串連起出版社與書店的「圖書經銷」公司新手業務。描寫她在遇見小林女士後經歷了一番成長的故事。

除了小林小姐和她的丈夫昌弘先生外，其他出場角色及公司都與實際存在的人物、公司及團體無關。只是，書中小林女士講述的故事內容則是筆者根據從她口中聽來的事實，變更部分專有名詞後改寫而成（只有醫師作家鎌田實先生是在取得當事人同意後以真名登場）。

就這層意義來說，本書可說是融合了主角成長故事（虛構）與小林女士親身經歷（紀實）的「紀實＆虛構小說」。

筆者與小林女士相識於八年前的二〇一二年。

當時，我為了寫《在書店發生的真正溫暖人心的故事》，走訪了全國各地的許多書店。

經由某間出版社社長的介紹，前往滋賀縣採訪連鎖書店「書之頑固堂」社長田中武先生時，他告訴我「採訪我家也不錯，但建議你去尼崎的小林書店看看，肯定能聽到一兩個不錯的故事喔」。

尼崎的小林書店。我第一次聽到這名字，很快地聯絡了對方。

那時，正好小林女士要去東京辦事。我們就約好她辦完事情回尼崎前，在東京車站附近碰個面。還記得見面的地點是丸善書店・丸之內總店內的M & C café。

雖是初次見面，我當場就一頭栽進了小林女士的世界。

原本預定傍晚聊一小時左右，回過神時已經聊了好幾小時，察覺新幹線最後一班車就要開了，小林女士才匆匆趕去搭車回家。

之後，我到尼崎拜訪了小林書店，也叨擾過小林女士賣傘的地方，她都親切地與我交流。

然而，當時從小林女士口中聽到的故事，後來並未寫入前面提到的那本書中。因為，她告訴我的每個故事都太熱烈、太濃厚了，不適合那本書一個故事只花幾頁描述的調性。此外，或許是作家的直覺吧，我認為自己總有一天會寫一本關於小林書店的書。

這是因為，小林女士分享的工作上的小故事，絕對不只限於書店業界，而是對所有職業都共通的「工作基礎」。

即使是這樣的我，每次聽了小林女士說的話，都會不由自主挺起背脊，告訴自己「要更認真工作才行」。我從她的話中學到了工作上所有重要的事，也希望更多人體驗這一點。可以的話，最好以書的形式體驗。

在這樣的念頭下，小林書店書籍化計畫終於正式展開。得到小林女士本人許可後，我開始構思並摸索著該用什麼方式寫下這本書。雖然花了一點時間，最後決定寫下以「圖書經銷」公司的女性新人業務為主角的小說，同時也在書中介紹小林女士分享的真實故事。

事實上，我從她哪裡聽到的故事數量是書中提到的好幾倍，因情節走向關係無法全部收錄，只好忍痛割捨。想知道其他小故事的人，不妨直接走一趟小林書店，聽小林女士親口分享吧。不過，她的話總是很長，建議最好先把後面的時間都空下來，不要安排其他事（笑）。

在撰寫本書的過程中，除了小林由美子女士本人，也要感謝與她有交流往來的幾位相關人士接受我的採訪。在這裡就不寫出名字了，但真的非常感謝各位。此外，也承蒙曾從事圖書經銷工作的劇本家內平未央小姐，運用過去工作上的經驗，協助製作了本書的大綱。最後，故事中出現的「百人文庫」和「書誼」則是分別參考熊本市長崎書店的「La! Bunko」和新潟縣新發田市ITOPONN書店的「書的聯誼」企劃。

在寫這本書的當下，受到新型冠狀病毒疫情的影響，人與人不得不保持物理距離的狀況依然持續著。正是在這樣的狀況下，我希望能讓更多人看到小林女士的故事與其中傳遞的訊息。

二〇二〇年十一月
川上徹也

春日
ハルヒブンコ
文庫

163

歡迎光臨小林書店

仕事で大切なことはすべて尼崎の小さな本屋で学んだ

歡迎光臨小林書店/川上徹也作；邱香凝譯. -- 初版. -- 臺北市：春天出版國際文化股份有限公司, 2025.04
面； 公分. -- (春日文庫；163)
譯自：仕事で大切なことはすべて尼崎の小さな本屋で学んだ
ISBN 978-626-7637-59-3(平裝)

861.57　　114002083

ISBN 978-626-7637-59-3
Printed in Taiwan

SHIGOTO DE TAISETSUNAKOTO WA SUBETE AMAGASAKI NO CHIISANAHONYA DE MANANDA

First published in Japan in 2020 by POPLAR Publishing Co., Ltd.
Traditional Chinese translation rights arranged with POPLAR Publishing Co., Ltd. through AMANN CO., LTD.

作　　者　川上徹也
譯　　者　邱香凝
總 編 輯　莊宜勳
主　　編　鍾靈

出 版 者　春天出版國際文化股份有限公司
地　　址　台北市大安區忠孝東路4段303號4樓之1
電　　話　02-7733-4070
傳　　真　02-7733-4069
E－mail　bookspring@bookspring.com.tw
網　　址　http://www.bookspring.com.tw
部 落 格　http://blog.pixnet.net/bookspring
郵政帳號　19705538
戶　　名　春天出版國際文化股份有限公司
出版日期　二〇二五年四月初版
　　　　　二〇二五年六月初版三刷

定　　價　360元

總 經 銷　楨德圖書事業有限公司
地　　址　新北市新店區中興路二段196號8樓
電　　話　02-8919-3186
傳　　真　02-8914-5524
香港總代理　一代匯集
地　　址　九龍旺角塘尾道64號 龍駒企業大廈10 B&D室
電　　話　852-2783-8102
傳　　真　852-2396-0050